I0553417

SETTE GIORNI

ANDREW GREY

Triskell-Dreamspinner

Special Print Edition

Pubblicato da
Dreamspinner Press
382 NE 191st Street #88329
Miami, FL 33179-3899, USA
http://www.dreamspinnerpress.com

Sette giorni
Copyright © 2011 by Andrew Grey
Traduzione di KillerQueen

Illustrazione di copertina di Justin James dare.empire@gmail.com
Design di copertina di Mara McKennen

Stampato negli Stati Uniti d'America
Prima Edizione
Aprile 2011

Edizione eBook italiano: 978-1-61372-877-2
Edizione paperback italiano: 978-88-9312-113-2

Questa storia è dedicata a Dominic. La sua disponibilità
e il suo coraggio a condividere i dettagli della sua vita
al liceo hanno reso possibile questa storia.

CAPITOLO
UNO

EVAN lasciò la macchina dai sedili in pelle, resa calda e profumata dalle ventole che diffondevano aria tiepida e odore di pulito. Pensò quasi di voltarsi per guardare il guidatore, ma non gli importava davvero. Uscì sul marciapiede rischiando di cadere sulla neve sciolta e chiudendosi lo sportello alle spalle. Sobbalzò quando la Mercedes partì schizzando acqua sporca mista a neve semisciolta. Si guardò intorno cercando di orientarsi nell'oscurità del primo mattino, fece marcia indietro sulla strada scontrandosi contro qualcuno che si limitò a spingerlo via con un grugnito. Inciampando un'altra volta raggiunse un edificio di mattoni e ci si appoggiò, facendo il punto della situazione su dove si trovasse e su cosa fosse successo. Lasciò istintivamente scivolare le mani in tasca, cercando un po' di calore. La parte alla quale gli riusciva più difficile abituarsi era il freddo quasi incessante.

Le mani scivolarono accanto alle banconote piegate e Evan emise un sospiro di sollievo. Quei piccoli pezzi di carta, vitali per ogni cosa, erano un'ancora di salvataggio che l'avrebbe portato al caldo, forse dandogli anche la possibilità di farsi un bagno o una doccia per togliersi l'odore degli altri dal corpo. Tirando fuori le banconote, si tolse una scarpa malandata. Si tirò giù un calzino e si infilò le banconote dove ce n'erano altre, sotto la pianta del piede, poi tirò su il calzino, di nuovo. Sentì il suono della stoffa strappata ed emise un lamento. Si guardò il piede e vide un pezzo di tessuto restargli in mano. Indossò di nuovo la scarpa, lasciò quel pezzo di stoffa accanto alla caviglia, per evitare di restare con la pelle scoperta, e si tirò giù la gamba del pantalone. Una volta nascosti i soldi, Evan si rilassò un po' e cominciò a guardarsi intorno in cerca del segnale, uno sguardo che potesse indicare un altro uomo interessato a pagare per ciò che vendeva. Si strinse la giacca sottile intorno al corpo e tornò ad appoggiarsi contro l'edificio. La pelle gli formicolava per il freddo, le gambe cominciarono a tremargli e le braccia gli dolevano per il freddo che si insinuava sotto la giacca e la maglietta.

Guardando i passanti, vide un uomo in giacca e cravatta con un lungo cappotto di lana gironzolare per la strada con l'aria di chi si sentiva il padrone del mondo. Evan lo guardò come se fosse così. L'uomo, che probabilmente si stava dirigendo al lavoro, lo oltrepassò e continuò a camminare per poi fermarsi, guardando attraverso il vetro della finestra di un negozio. Aveva già riconosciuto quella caratteristica: nessuno andava direttamente da lui. Gli uomini, di solito, erano timidi o circospetti. Evan osservò l'individuo mentre si voltava per camminare verso di lui, fermandosi poi a pochi passi di distanza, senza guardarlo direttamente. «Che freddo» disse lo sconosciuto guardandosi intorno.

«Già.» replicò Evan, cercando di ripararsi dal vento in qualche modo.

«Scommetto che tra gli edifici fa più caldo,» commentò lui, fornendogli un indizio non molto sottile riguardo a ciò che voleva.

Con diffidenza, Evan si allontanò dal palazzo facendo qualche passo e guardandosi intorno prima di dirigersi dove l'uomo sembrava suggerirgli di andare con lo sguardo. Non disse niente. Sentì i passi dell'altro alle sue spalle e si tenne pronto. Odiava tutto ciò, l'odiava proprio. Fino a pochi mesi prima era stato un ragazzo normale con genitori normali e una vita normale, ciò che stava per fare non gli sarebbe neanche passato per la testa. Era ormai diventata una routine necessaria per mangiare e magari per avere un posto per dormire al caldo. «Cinquanta,» disse Evan, aspettando poi la reazione dell'altro.

«Stai scherzando?» disse lui, ed Evan fece un passo verso la strada. Aveva già un po' di soldi e avrebbe quindi potuto mangiare. Le mani dell'uomo scivolarono nelle tasche, tirando fuori delle banconote spiegazzate. Evan le prese e se le infilò in tasca. L'uomo lo spinse giù, Evan sentì le ginocchia cedere e un dolore lancinante quando colpirono il pavimento sporco, si sentì congelare ancora di più. Sentì il rumore di una zip ed Evan cominciò a ritirarsi, la sua coscienza lo allontanava dal mondo circostante cercando di proteggerlo dalle implicazioni di ciò che stava per succedere. Quel meccanismo era l'unica cosa che gli impediva di vomitare e di mordere, andarsene o addirittura di far del male. Era l'unico modo per sopportare la voce dell'uomo che si rivolgeva a lui in tutti i modi più disgustosi. Evan li sentì, però. Penetrarono nelle sue difese perché l'aveva già detto a se stesso. Era vero, lo sapeva. Dopotutto, era una «fottuta puttana».

Gli vennero le lacrime agli occhi e, come ogni volta, le trattenne mentre l'uomo si avvicinava sempre di più all'orgasmo. Lo spinse via, non poteva più sopportare. Si tirò su con le gambe bagnate, tremando per il freddo, e si costrinse ad andarsene mentre l'uomo urlava per la frustrazione. Evan si guardò indietro e lo vide masturbarsi da solo, poi svoltò l'angolo con il cuore in gola. Rendendosi conto di non essere seguito, rallentò e si fermò di fronte alla vetrina di un supermercato, le pozzanghere brillavano di luce riflessa. Si vide riflesso nella vetrina, poi si voltò per controllare se ci fosse qualcuno alle sue spalle. Ci mise qualche istante, poi la verità gli piombò addosso: quella faccia magra, tirata e vecchia che lo fissava era la sua.

Allontanandosi dalla luce, Evan si rannicchiò sotto una finestra buia. Le ginocchia gli dolevano, scivolò lungo il muro ricoperto di marmo. Si avvolse le gambe con le braccia, il suo corpo era raggomitolato e la fronte era appoggiata alle ginocchia. Evan sentì uscire le lacrime che troppe volte aveva trattenuto. «Mamma... Papà... perché mi avete lasciato?» domandò per quella che sembrò essere la milionesima volta, e si sentiva la gola serrata. Evan non riuscì più a trattenere le emozioni che si era tenuto dentro per mesi. Non appena salirono in superficie, mormorò «mi mancate entrambi» e sentì il volto contorcersi in un'espressione di dolore. Poteva vederli mentre lo salutavano l'ultimo sabato mattina, mentre lasciavano la casa per andare a fare la spesa. Aveva chiesto loro di restare a casa, con le lacrime che cominciavano a scorrergli lungo le guance. Evan desiderò con tutto se stesso di essere andato con loro. In quel modo, il semirimorchio che era scivolato sul ghiaccio distruggendo la vita dei suoi genitori e tutto il suo mondo, si sarebbe preso anche lui.

«Figliolo.» Una mano gli toccò la spalla ed Evan saltò in piedi, braccia piegate e pugni serrati. L'uomo lo guardava con un'espressione calma sul volto, le braccia lungo i fianchi. «Non ti farò male» disse impassibile ma con serenità.

Evan sentì le braccia diventare pesanti e le abbassò, il suo corpo era pronto a fuggire alla prima provocazione. «Cosa vuoi?» domandò, facendo un passo indietro e andando a sbattere contro il muro alle sue spalle. «Non sono interessato ad altri clienti, quindi puoi andartene.» Evan guardò l'uomo, fissando le scarpe pulite dalla linea semplice, i pantaloni neri e il cappotto aperto abbastanza da mostrare una camicia nera con un collare bianco. «Oh,» mormorò, «uno di quelli.» Era già stato con preti e sacerdoti prima di allora, e nonostante fossero un po' più gentili degli altri lo usavano come tutti gli altri. «Cinquanta,» disse con delicatezza muovendosi verso un punto meno affollato visto che le strade cominciavano a riempirsi.

«No, figliolo,» rispose con gentilezza l'altro. «Non è ciò che voglio.» Evan si sentì abbandonare dal suo spirito combattivo e si voltò per andarsene. Anche se l'uomo non era un cliente, Evan aveva dei soldi per trovare un posto dove dormire e per riempirsi lo stomaco vuoto. «Posso aiutarti» lo chiamò lo sconosciuto, senza urlare, con un tono di voce che Evan non aveva sentito da quando... Evan sbatté le palpebre e cacciò il dolore dietro ai muri che la mente stava ricostruendo rapidamente dopo la violazione di poco prima. «Non voglio niente da te» aggiunse il prete. «Te lo prometto. Posso offrirti la colazione?» Indicò un piccolo ristorante appena dall'altra parte della strada. «Prometto che non ti farò male.»

Evan guardò il prete – suppose che fosse un prete, ma poteva essere anche un altro tipo di sacerdote – mentre attraversava la strada, guardandolo prima aprire la porta per poi scomparire all'interno. La sua mente stava cercando di capire cosa fare, ma alla fine fu il suo stomaco brontolante a decidere per lui. Scese dal marciapiede, un taxi gli sfrecciò accanto ed Evan lo lasciò passare mostrando entrambe le dita al guidatore, sentendo poi le forze cominciare a scivolare via.

Attraversò la strada e si fermò davanti al vetro prima di aprire la porta.

Evan vide il ghigno sul volto della donna dietro al bancone. Non sapeva che cosa potesse averle fatto, ma aveva sempre evitato quel posto per via delle occhiatacce che lei gli mandava ogni volta, come se fosse qualcosa da grattar via dalla suola di una scarpa, e forse era quello che era. Forse non era meglio dello sporco sotto le sue scarpe.

Guardandosi intorno, vide il prete seduto a un tavolo che lo osservava. Annuì appena ed Evan gli si avvicinò lentamente osservando la sua reazione. «Siediti. Va tutto bene» disse il prete. Evan scivolò dietro al separé, cercando di identificare qualsiasi segno di inganno, ma l'espressione dell'uomo pareva la più onesta e amichevole che avesse visto da quando si era ritrovato sulla strada. Quell'uomo doveva volere qualcosa da lui – nessuno faceva qualcosa senza volere nulla in cambio. L'aveva scoperto in fretta quando un uomo l'aveva aiutato la prima notte, cercando di prendersi ciò che voleva. Evan aveva imparato in fretta e aveva imparato a guardarsi le spalle da chiunque.

Una cameriera molto vecchia arrivò al loro tavolo, sorrideva al prete ma guardava lui in modo arcigno. Porse gentilmente un menu al prete prima di lasciarne uno con un po' di riluttanza di fronte a Evan, poi se ne andò. «Cosa vuoi?» domandò Evan, osservando con attenzione l'altro, sfidandolo a mentirgli.

La cameriera tornò, il prete ordinò una colazione molto sostanziosa ed Evan chiese altrettanto, sperando se non altro di rimediare un buon pasto.

«Qual è il tuo nome, figliolo?» domandò il prete, mentre la cameriera portava loro le tazze di caffè. Evan avvolse le mani intorno alla tazza per riscaldare le dita quasi insensibili per il freddo.

«Quale vorresti che fosse?» domandò Evan. Era una risposta da cliché, ma non diceva a nessuno il suo vero nome. Sentiva che se l'avesse fatto avrebbe dato agli altri l'ultimo rimasuglio di ciò che era stato prima che tutto cambiasse.

«Non scherzare, non lo sopporto,» lo ammonì l'uomo, con un tono totalmente privo di cattiveria.

Evan deglutì e bevette un sorso di caffè, sentendosi pervadere la gola da un piacevole calore che scese poi fino allo stomaco. Posò la tazza, prese qualche pacchetto di zucchero, ne versò quattro nel liquido scuro prima di bere di nuovo. Il prete non disse altro, ma gli occhi scuri pieni di bontà lo fissavano.

«Evan,» disse finalmente con un tono simile a un sussurro.

«Bene. Sono Padre Valentin e, come ho detto prima, non ti farò male in alcun modo» disse il prete per poi sorseggiare il caffè, facendo una smorfia prima di posare la tazza. «Puoi dirmi quanti anni hai?»

«Certo, pensi che sia muto o qualcosa del genere?» replicò Evan. «Ho sedici anni e so prendermi cura di me stesso.» Evan guardò di nuovo il prete con sguardo di sfida.

«Ne sono sicuro,» rispose con un sorriso. La cameriera tornò e mise un piatto di fronte a ognuno di loro. Evan prese un pezzo di toast e se lo infilò in bocca, masticandolo e ingoiandolo prima di divorarne un altro. Prese la forchetta e attaccò prima le uova, poi le patate finendole in tre morsi. «Ti prometto che nessuno ti toglierà quel piatto» lo provocò l'uomo.

Evan lo ignorò, trangugiando il cibo il più velocemente possibile, le braccia sul tavolo proteggevano il piatto. Alzò lo sguardo solo una volta finito, il prete gli sorrideva. «Grazie» disse Evan con dolcezza, senza sapere che altro dire, come se una voce dimenticata da tempo gli suggerisse cosa fare. La voce sembrava quella di sua madre.

«Hai ancora fame?» Il prete non attese una risposta, prese il piatto di Evan e lo scambiò con il suo. Evan sgranò gli occhi e ricominciò a mangiare fino a quando non sentì lo stomaco sul punto di scoppiare – una sensazione che non provava da quando aveva trovato degli alberi da frutta al parco la scorsa estate, e ne aveva mangiati a volontà fino a quando non era stato cacciato via.

«Evan, sai dove sono i tuoi genitori?»

Annuì ma non riuscì a dirlo. Quel pensiero lo fece sentire come se li avesse persi di nuovo. Per mesi aveva sperato che si trattasse di un errore, ma non era così. Ora lo sapeva, ma non poteva dirlo, o almeno non a uno sconosciuto. L'espressione del ragazzo parve essere abbastanza per il prete, che si limitò ad annuire.

«Evan, posso aiutarti se me lo lasci fare. Gestisco una scuola per ragazzi, mi piacerebbe portarti lì.»

Evan in quel momento lo capì. Il prete l'avrebbe portato alla sua «scuola» e in cambio di un posto dove dormire, Evan si sarebbe preso cura del prete. Aveva sentito di quei posti da un ragazzo che aveva incontrato durante l'estate. Tom aveva ricevuto un'offerta simile da un vecchio che gironzolava nel parco. L'ultima volta che l'aveva visto, Tom pareva godersela, tutto ciò che doveva fare era lasciare che il vecchio lo scopasse ogni tanto. «Cosa dovrei fare?» Evan si sporse sul tavolo, gli occhi incollati all'uomo. «Vuoi che ti succhi il cazzo, è questo?»

«No, Evan, assolutamente no. Non voglio niente oltre a una risposta sincera a una domanda. I miei fratelli dell'ordine sono educatori» continuò, «e crediamo che ogni ragazzo dovrebbe avere un'educazione e una possibilità per migliorare la propria vita. A scuola dovrai adempiere a dei doveri, ci saranno delle cose che noi ci aspetteremo da te: dovrai comportarti bene, essere un bravo studente e mostrare rispetto verso i tuoi insegnanti e verso i tuoi compagni.»

«Bel discorso, padre, ma cosa vuoi davvero?»

«Darti la possibilità di lasciare la strada, di avere un posto sicuro e caldo con un sacco di cibo, senza la necessità di dormire nei vicoli o di venderti per denaro.»

Evan si guardò intorno osservando gli altri clienti, cercando di capire se il tizio fosse reale. Avrebbe voluto chiederlo a qualcuno, ma nessuno li stava guardando. «Chi sei, Babbo Natale? Perché ho smesso di credere a quella cazzata un bel po' di tempo fa.»

«No, ti assicuro che ciò che ti offro è reale. Credo che si debba aiutare il prossimo e vorrei aiutarti. Me lo lascerai fare?» domandò il prete, prima di aggiungere altro. «E non imprecare con me o con chiunque altro. È un'altra delle nostre regole, fa parte del rispettare gli altri.»

Quest'uomo è reale? Evan continuava a fissarlo, cercando di capirlo mentre la cameriera portava il conto, Padre Valentin lo prese, le porse dei soldi e si alzò. Sembrava troppo bello per essere vero ma qualcosa dentro di sé gli disse che sarebbe stato uno stupido a non accettare. Se Padre Valentin si fosse rivelato il sacco di merda che credeva che fosse, se ne sarebbe potuto andare.

«Vieni o no?» domandò il prete, Evan uscì dal separé e lo seguì, lasciando scivolare di nuovo le mani nelle tasche. Le banconote in tasca gli davano una certa sicurezza. Una volta fuori, Padre Valentin camminò verso una vecchia station wagon malandata con interni in finto legno, parcheggiata. Padre Valentin aprì la portiera e rimase ad aspettare che entrasse. Evan entrò nel veicolo, chiedendosi di cosa fosse spaventato. Era già salito in macchine fuori dal comune e gli uomini con cui andava di solito non si offrivano di aiutarlo. Forse, il problema era non sapere cosa aspettarsi? Era salito su altri veicoli prima di allora, sapeva cosa fare e cosa aspettarsi, ma in quel momento non ne aveva idea. Evan osservò Padre Valentin aprire la portiera del guidatore e salire, per poi mettere in moto il vecchio meccanismo con qualche implorazione. «Allacciati la cintura. Bernadette funziona ancora, ma ogni tanto sa essere un po' imprevedibile.» Padre Valentin partì, Evan la sentì sbandare mentre sembrava balzare nel traffico.

Viaggiarono per un po' nel traffico cittadino e poi arrivarono in quella che a Evan sembrò una parte molto vecchia di Milwaukee. C'erano bellissime case alternate a ruderi cadenti, la maggior parte di essi era coperta di impalcature. Senza pensarci troppo, Evan guardò la strada cercando dei punti di riferimento, nel caso in cui avesse dovuto trovare la strada del ritorno. Si rifiutava di credere che qualcuno lo volesse aiutare davvero ma parte di lui, nel profondo, sperava che magari, solo magari, padre Valentin fosse reale.

Erano passati molti punti di riferimento, Evan provava a ricordarseli ma infine si arrese. Poteva sopravvivere, l'aveva fatto per mesi e l'avrebbe potuto fare di nuovo una volta scoperto ciò che padre Valentin voleva da lui. La vecchia macchina li fece sobbalzare lungo le strade malandate, gli edifici stavano diventando più bassi, gli appartamenti erano sostituiti da case. Più le abitazioni si facevano magnifiche e più la strada si faceva facile, continuavano ad avanzare. Le case lasciarono poi il posto a campi con stalle, c'erano anche animali al pascolo che Evan non aveva mai visto prima.

Una collina apparve in lontananza, sulla cima di essa c'era un edificio che sembrava diventare più grande man mano che si avvicinavano. «Quella è la scuola,» disse padre Valentin, indicando oltre il volante. Evan sporse la testa dal finestrino mentre continuavano il viaggio. A Evan sembrava una sorta di casa infestata dai fantasmi, con torri e finestre ampie. Rabbrividendo appena, guardò il guidatore, aspettandosi che si fosse trasformato in qualche tipo di creatura malvagia, ma padre Valentin si voltò e gli sorrise. «Spero che ti piaccia qui. È un bel posto e ci prenderemo cura di te, te lo prometto. Parte di ciò che facciamo è aiutare chi ne ha bisogno, e quando ti ho visto uscire da quel vicolo ho capito che avevi bisogno di aiuto.»

Evan abbassò lo sguardo verso i piedi coperti da scarpe malandate. Si sentiva infastidito sapendo che Padre Valentin l'aveva visto uscire da un vicolo, non ne capiva il perché ma era così. L'uomo era stato buono con lui e nonostante Evan si rifiutasse di abbassare la guardia, qualcosa in lui era cambiato. Era forse speranza? Non ne era sicuro e cercò di scacciare quella sensazione. Ogni volta che l'aveva sentita negli ultimi mesi, era rimasto sempre deluso.

La macchina svoltò in una lunga strada in mezzo agli alberi e cominciarono a salire, svoltando prima da una parte e poi dall'altra, fino a quando padre Valentin non arrivò in un parcheggio. Evan continuò a tenere lo sguardo sull'edificio, ma esso si rivelò essere talmente alto da permettergli di vedere solo muri color senape e qualche finestra marrone. «Dove siamo?» domandò

Evan osservando da dentro la macchina, dopo aver visto ciò che sembrava una chiesa in mezzo agli altri edifici, tutti posizionati sulla cima della collina.

«Questa è la Saint Bartholomew Academy,» rispose fiero padre Valentin aprendo la portiera e uscendo dalla macchina. Evan fece altrettanto. L'aria era pulita, dopo il lungo viaggio nel tepore della macchina parve addirittura fredda.

«Padre, sei tornato.»

Evan vide arrivare un altro uomo, infagottato per il freddo. «Com'è andata la riunione con il vescovo?»

«Fruttuosa, fratello William,» disse prima di aggiungere «bisogna scaricare la roba dalla macchina. Per favore, potresti pensarci tu mentre porto Evan dentro al caldo?»

«Io... io... posso aiutare,» si offrì Evan battendo i denti.

«Non essere sciocco, stai congelando.» Padre Valentin si diresse verso una serie di porte ed Evan lo seguì, non avendo idea di cos'altro avrebbe potuto fare. Entrare nell'edificio fu come arrivare in un altro mondo, si sentì immerso nel calore. «Il mio ufficio è da questa parte,» disse, gesticolando. Evan annuì lentamente e lo seguì verso il vestibolo. «Gli altri ragazzi sono a scuola in questo momento, ma presto sentirai un po' di chiasso» spiegò Padre Valentin arrivando a una grande porta. L'uomo la spinse per far entrare Evan, che fece un passo avanti e sbirciò all'interno prima di guardarsi alle spalle.

Una parte di lui voleva scappare. Aveva già visto una statua di un uomo che teneva la propria testa e quella di un altro colpito da diverse frecce, si domandava che tipo di gente potesse passare il proprio tempo in un posto del genere. Guardando ciò che aveva tutta l'aria di essere un ufficio, Evan aveva visto un'altra statua, quella di una bella donna con un mantello blu. Era gradevole e tranquilla. Guardò Padre Valentin in volto, lo vide sorridere e annuire. Entrando, Evan si guardò intorno mentre padre Valentin lo seguiva all'interno, chiudendo la porta. Il ragazzo si chiese se si fosse messo nei guai mentre il prete andava alla sua scrivania. «Siediti, Evan,» disse con gentilezza Padre Valentin spingendo una sedia verso di lui. «Ho alcune domande per te e vorrei che rispondessi con sincerità. È questo tutto ciò che chiediamo, la sincerità. Ti prometto di non giudicarti o condannarti per le tue risposte. Ti è tutto chiaro?»

Non era esattamente così ma Evan annuì comunque, sperando che Padre Valentin potesse ottenere qualsiasi cosa volesse da lui.

Padre Valentin si alzò da dietro alla scrivania e la aggirò per andò a sedersi nella sedia accanto a quella del ragazzo. «So che ti è difficile credere a tutto ciò, perciò vorrei prendermi qualche minuto per spiegarti come stanno le cose, in questo modo capirai cosa ti sto offrendo e cosa ci si aspetta da te.» Padre Valentin sembrava così gentile e cortese che Evan, per la prima volta, consentì a se stesso di credere che tutto ciò fosse reale. «Questa è una scuola religiosa,» continuò a spiegare. «Ti faremo qualche test per determinare il tuo livello accademico e svilupperemo un piano dei corsi che seguirai. Andrai a messa ogni giorno con tutti gli altri ragazzi. In altre parole, questa scuola diventerà la tua casa e io e gli altri fratelli saremo la tua famiglia.»

Evan alzò lo sguardo dalla piccola chiazza sul tappeto che stava fissando. «Qual è il prezzo? Nessuno fa nulla gratis, lo so bene. Cosa volete?»

Padre Valentin annuì lentamente con uno sguardo ancora colmo di gentilezza. «Il prezzo è la tua educazione. Tutto ciò che ti chiedo è di dare il meglio a scuola e di imparare a essere una persona buona e altruista. Non mi aspetto nient'altro da te. Ci sono delle regole da seguire, qui. Una di queste è rispettare i tuoi insegnanti e i tuoi compagni. Un'altra è che il comportamento che avevi prima di venire qui non sarà tollerato.» La voce di Padre Valentin era diventata dura. «Stavi cercando di sopravvivere e posso capirlo, posso rispettare la tua scelta, ma qui ci sforziamo per vivere le nostre vite rispettando Dio e quel tipo di comportamento non è accettabile.» Evan riusciva a sentire gli occhi di Padre Valentin indagare attentamente per fargli entrare in testa quel messaggio. «Ciò che cercheremo di darti è un posto sicuro dove potrai imparare a essere un bravo ragazzo e costruirti un futuro che vada oltre la strada.»

Evan deglutì. *È tutto reale? È tutto troppo bello per essere vero.* «Davvero non volete niente da me?»

Padre Valentin scosse la testa, lentamente. «No. Beh, non nel modo che intendi. Ci sono delle cose che voglio da te. Voglio che tu sia un bravo studente, voglio che tu cresca diventando un uomo buono con un futuro promettente e luminoso. Nulla di più.» Alzò un dito. «Ma vorrei delle risposte.»

«Che tipo di risposte?» domandò Evan incerto.

«Cominciamo con il tuo nome completo.» Padre Valentin prese un blocchetto di fogli.

«Evan Donaldson,» rispose, pronunciando il suo nome completo a voce alta per la prima volta dalla morte dei suoi genitori.

Padre Valentin scrisse per qualche istante e poi si sporse verso la sedia con un'espressione serena e tranquilla sul volto. «Cos'è successo alla tua famiglia?» Evan sapeva che prima o poi ne avrebbe dovuto parlare, ma non ne aveva alcuna voglia. Scosse la testa, poi distolse lo sguardo. «Ti sto chiedendo di fidarti di me, Evan. Non ti farò del male, ma ho bisogno di sapere cosa ti è successo, così potrò provare ad aiutarti.»

«Sono morti in un incidente la scorsa estate,» rispose fissando il pavimento. «Avrei voluto essere con loro,» aggiunse deglutendo a fatica, cercando disperatamente di controllare le proprie emozioni.

«Non avevi altri parenti?» domandò Padre Valentin. Evan scosse la testa, incapace di aprire bocca. «Sei stato mandato in una famiglia adottiva?» domandò con dolcezza, ed Evan annuì. «Ti hanno fatto del male?» Evan scosse la testa, completamente incapace di spiegare che i suoi genitori adottivi erano probabilmente brave persone, ma non erano i suoi genitori, quindi nella sua testa erano le persone peggiori sulla faccia della terra.

«Me ne sono andato. Non mi volevano, comunque.» Era la spiegazione più semplice che potesse sintetizzare il pensiero di Evan. Non era figlio loro e non erano i suoi genitori, quindi non potevano volerlo e lui senza dubbio non voleva loro. Evan alzò gli occhi dal tappeto e vide Padre Valentin che lo guardava nervoso. «Non ho alcuna intenzione di tornare lì,» aggiunse per poi tornare a fissare il tappeto.

«Non ti rimanderò lì, ma ti ricordi quando ti ho chiesto di essere sincero? Vale per entrambi.» Evan lo ascoltava chiedendosi dove volesse andare a parare. «Devo chiamare le autorità e comunicare dove ti trovi. Posso chiedere di trasferire a me la tutela legale, ma solo se tu vuoi che lo faccia.»

Evan sgranò gli occhi. «Mi stai dando una scelta? Quella stronza dell'assistenza sociale non l'ha mai fatto. Mi ha mollato a degli estranei!» Evan fu sorpreso realizzando di non considerare Padre Valentin come un estraneo. Non sapeva cosa considerarlo, almeno non ancora, ma pensava di potersi fidare.

«Sì, tu hai una scelta,» disse Padre Valentin, avvicinandosi a lui e toccandogli la spalla. «Una delle nostre regole è che le imprecazioni di ogni tipo sono un'offesa a Dio» disse Padre Valentin senza enfasi. «L'assistente sociale può essere stata una 'stronza', ma non lo diciamo in quel modo.» Evan vide Padre Valentin fargli l'occhiolino, poi le labbra dell'uomo si contrassero in ciò che poteva essere chiamato sorriso.

«Ok.» Ci pensò per un istante. «Che ne dici di una S maiuscola?» Era così che diceva sua madre. Evan si sentì soffocare da un groppo in gola.

Padre Valentin sorrise. «Se insisti.» Evan vide il sorriso svanire. «Quanto tempo fa hai lasciato la casa dei tuoi genitori adottivi?» Evan fece spallucce. Quando se ne era andato faceva caldo, i primi mesi erano stati facili, almeno per quanto riguardava il trovare un posto dove dormire.

«Primavera, direi,» rispose Evan, cercando di ricordare. Sembrava essere accaduto molto tempo addietro. Ogni giorno bisognava lottare per sopravvivere, lo scorrere del tempo non aveva altri riferimenti oltre alla temperatura e al clima. Qualcuno bussò alla porta, interrompendoli. Evan si sistemò sulla sedia mentre Padre Valentin chiamava chiunque stesse per entrare.

«Mi dispiace disturbarti, Padre, ma è quasi arrivato il momento della messa e...»

Padre Valentin si alzò dalla sedia ed Evan sentì un rumore strano provenire dalle sue ginocchia. «Grazie, Fratello, hai fatto bene a ricordarmelo.» La porta si chiuse di nuovo. «Dovremmo prepararci. Vieni, ti mostrerò la strada.» Padre Valentin aprì la porta dell'ufficio e lo condusse in un vestibolo rumoroso pieno di ragazzi di un'età che andava a qualche anno in meno di Evan fino a qualche anno in più di lui. Evan manteneva lo sguardo basso in modo da evitare gli occhi altrui senza però allontanarsi da padre Valentin. «La cappella è proprio lì. Mi devo cambiare. Vai dentro e siediti.»

Padre Valentin se ne andò. Evan si diresse verso il posto indicato, entrò nell'edificio e poi oltrepassò una serie di porte fino ad arrivare in una grande stanza con il soffitto alto. Lui e i suoi genitori non andavano molto in chiesa, ma qualcosa in quella stanza riusciva a toccarlo nel profondo. Voltandosi, Evan trovò un angolo accanto a uno dei pilastri e andò a sedersi. S suoi occhi vagarono ovunque poco prima di alzare la testa verso un soffitto decorato. Non aveva mai visto nulla di così bello e la bocca gli si spalancò mentre lo guardava.

Le porte si aprirono e il suono di molte voci sovrapposte lo riportò con i piedi per terra, lo sguardo si volse verso il pavimento. I ragazzi trovarono un posto dove sedersi e le loro voci parvero quietarsi. Lentamente, Evan alzò lo sguardo e vide uscire Padre Valentin con le mani alzate, tutti si misero in piedi. Padre Valentin cominciò a cantare qualcosa e tutti iniziarono a fare altrettanto. Evan non riuscì a distinguere molte delle parole ma cercò comunque di ascoltare.

La porta posteriore della chiesa si aprì, un ragazzo entrò e si guardò intorno prima di chiudere la porta con calma, poi scivolò a terra accanto a lui. Tutti i ragazzi indossavano pantaloni grigi, camicie bianche e giacche blu. Il ragazzo accanto a lui gli toccò il braccio e gli porse una di quelle giacche facendogli segno di mettersela. Evan lo fece, guardando il ragazzo e chiedendosi cosa stesse accadendo. Cercò di pronunciare quella domanda ma il ragazzo dai capelli scuri si limitò a sorridergli prima di volgere lo sguardo altrove.

Evan ascoltò ciò che stava accadendo intorno a lui, cercando di prestare attenzione, ma i suoi occhi continuavano a spostarsi sul ragazzo seduto accanto a lui sulla lunga panchina di legno. Evan non conosceva il suo nome ma aveva visto quegli occhi scintillanti e quel volto così trasparente che gli aveva fatto sentire le farfalle nello stomaco quando aveva sorriso. Si sistemò leggermente i pantaloni e la giacca. Non lo fece solo per stare al caldo, ma anche per nascondere ciò che non voleva che gli altri ragazzi vedessero. Durante la funzione aveva sempre guardato con la coda dell'occhio il ragazzo dai capelli corvini. «Amen,» disse non appena tutti lo dissero all'unisono, riempiendo quello spazio così voluminoso. Il silenzio riempì la stanza per circa mezzo secondo, poi tutti ricominciarono a parlare, i ragazzi si diressero verso l'uscita.

Evan cercò di seguire il ragazzo, camminando tra le panche di legno, ma parve unirsi agli altri ed essere quasi trascinato via. Non sapendo dove andare, Evan si fermò e restò lì fino a quando Padre Valentin non tornò da lui. «Bene, vedo che ti sei procurato la giacca. Eccellente,» disse, fermandosi. «Penso che dovremmo darti qualcosa da mangiare. Poi potrai lavarti e ti cercheremo una stanza.»

Evan annuì e lo seguì, chiedendosi per la milionesima volta che cosa stesse facendo e perché quell'uomo fosse così gentile con lui. Padre Valentin lo ricondusse all'ufficio, dove uno dei fratelli portò loro qualcosa da mangiare, poi il ragazzo fu accompagnato in un piccolo bagno privato. «Ho fatto portare qualche uniforme per te, cercherò anche di trovarti dei vestiti da indossare nel fine settimana.»

Evan si voltò. «Non posso pagare tutto ciò,» disse quasi con dolcezza, lasciando scivolare le mani sulle banconote per un secondo prima di tirarle fuori e porgerle a Padre Valentin senza dire nulla. Prima di chiudere la porta del bagno, il ragazzo vide il prete sgranare gli occhi per poi sorridere.

Evan si tolse i vestiti sudici, poi si tolse le calze e le banconote finirono sul pavimento. Mise tutto in una pila, i soldi erano nascosti in un calzino. Nudo, entrò sotto la doccia e accese l'acqua. Sporcizia e sudiciume scivolarono via giù per lo scarico. Trovò un flacone di shampoo nell'angolo e si lavò i lunghi capelli biondi, non riusciva a ricordarsi quando se li fosse tagliati l'ultima volta.

Evan sobbalzò nel sentire la porta aprirsi e dovette tenersi appoggiando le mani al muro. Quindi era così? Aveva già giocato a quel gioco prima di allora, più e più volte. Un sacco di uomini che l'avevano portato a casa preferivano che si lavasse prima che lo raggiungessero nella doccia. «Padre Valentin mi ha chiesto di portarti dei vestiti,» disse una voce calma, Evan sentì qualcuno muoversi dall'altra parte della tenda. Sbirciando all'esterno, vide un uomo mettere un fagotto sul bancone prima di lasciare di nuovo la stanza. Scuotendo la testa, con i capelli lunghi che gli ciondolavano sulle spalle, Evan finì di lavarsi prima di uscire. Gli asciugamani erano sul bancone accanto ai vestiti e a una piccola busta piena di articoli da toeletta. I suoi scarsi averi erano rimasti dove li aveva lasciati. Si asciugò, poi si infilò i vestiti nuovi e cercò di non guardarsi mentre si pettinava i capelli. Indossò poi le sue vecchie scarpe, prese i vestiti che indossava prima e lasciò il bagno, chiedendosi dove dovesse andare. «Sei pronto?» Evan sobbalzò nel sentire la stessa voce che aveva udito nel bagno. «Scusa,» disse il giovane uomo. «Padre Val è stato richiesto altrove e mi ha chiesto di portarti dal nostro valutatore.»

«Che cos'è?» domandò Evan.

«Fratello Benedict ti sottoporrà a un test per capire le tue capacità, in questo modo ti inseriremo nella classe più adatta.» Il giovane uomo si diresse verso la porta.

«Tu chi sei?»

«Oh.» L'uomo ridacchiò. «Sono Fratello Timothy, l'ultimo arrivato nell'ordine.» Non sembrava molto più vecchio del ragazzo. «Non dovremmo far attendere.» Evan seguì Timothy lungo corridoi e stanze, fino alle due rampe di scale che portarono a una piccola stanza dove passò alcune ore a risolvere problemi, leggere a voce alta e sottoporsi a ogni genere di test prima del ritorno di Timothy. «Ora ti sistemiamo.»

Evan seguì Timothy fuori dall'edificio e lungo un vestibolo coperto che portò a un altro edificio. Dentro, Evan fu condotto lungo altre scale e fino a un altro lungo vestibolo dritto. Diverse teste si voltarono da dentro le stanze con le porte aperte, alcuni ragazzi mormorarono mentre passavano. Evan sapeva che stavano parlando di lui. Manteneva lo sguardo basso, rischiò quasi di andare a sbattere contro Fratello Timothy quando si fermò davanti a una porta. «Dove siamo?»

«Questa,» cominciò a dire Timothy aprendo la porta «è la tua stanza. La dividerai con un altro studente.»

Evan entrò. Il ragazzo dai capelli neri che aveva incontrato nella cappella alzò lo sguardo dal libro e gli sorrise.

Evan sbatté le palpebre qualche volta, la sua pancia si era irrigidita, per un attimo pensò di essere malato ma poi sembrò diventare un lieve dolore. Non conosceva il significato di tutto ciò, ma era abbastanza sicuro che avesse qualcosa a che fare con quei grandi occhi che lo guardavano. Evan guardò Fratello Timothy cercando di capire se se ne fosse accorto ma la sua espressione non era cambiata. «Ciao,» disse il ragazzo alzandosi e porgendo la mano. «Sono Clay Mueller, tu devi essere Evan.»

Non sapendo che altro fare, Evan raggiunse la mano tesa, il fagotto dei suoi vecchi vestiti gli scivolò dall'altra mano atterrando sul pavimento. «Porterò questa roba in lavanderia,» disse Tim raccogliendoli. Evan si sentì in preda al panico quando vide andare via i calzini con tutti i suoi soldi. Quella piccola cifra era tutto ciò che aveva, e se le cose non fossero andate bene... Evan raggiunse Timothy, prese i calzini mentre l'altro raggiungeva la porta. Le sue dita tastarono le banconote, li strinse non appena vide Clay osservarlo. Cercando di calmare il proprio cuore, Evan strinse quei pezzi di tessuto come se da essi fosse dipesa la sua stessa vita e vide Fratello Timothy scomparire dalla vista.

«Suppongo che quei calzini siano speciali,» disse Clay. Evan si voltò verso di lui per un istante prima di abbassare gli occhi al pavimento, senza smettere di stringere ciò che conteneva tutto ciò che aveva. «Scusa,» disse Clay, ed Evan si sedette sul bordo di quello che suppose essere il suo letto, visto che era l'unico fatto e il resto della stanza pareva vuoto. Sprofondò nel materasso e si guardò intorno: la stanza comprendeva due letti, cassettiere, scrivanie, un armadio e una finestra. «Padre Val ha detto che per te è stata dura,» commentò Clay. L'altro alzò gli occhi e si scoprì osservato dal ragazzo. Quella era l'affermazione del secolo per Evan, ma non era dell'umore giusto per commentare. Stava ancora cercando di capire chi o cosa l'avesse portato lì. «Non sei un gran chiacchierone? Va bene,» continuò Clay. «Mia mamma dice che posso parlare a sufficienza per otto persone, quindi andremo d'accordo.» Evan sentì il materasso abbassarsi mentre Clay gli si sedeva accanto. «Questo è il tuo letto,» andò avanti. «Probabilmente lo sapevi già, e quello è il tuo comò. Ho messo nei cassetti i vestiti e le uniformi che ha portato Tim. Quella scrivania è tua, così come la metà dell'armadio, però ti devo avvertire, in realtà è più un quarto visto che mia mamma continua a mandare un sacco di roba e comincio a essere a corto di spazio.»

Evan spostò lo sguardo dalle proprie scarpe e guardò Clay mentre continuava a parlare. Non capiva se il ragazzo stesse parlando con lui o se stesse parlando e basta. «Ok,» disse Evan, senza preoccuparsene molto visto che probabilmente sarebbe bastato un cassetto del comò per le poche cose che aveva.

«Ehi, Clay.» Un altro ragazzo arrivò nella stanza, Evan vide che li guardò entrambi. «Quanto passerà prima che mandi via anche quest'altro? Clay odia i compagni di stanza e trova sempre un modo per farli andare via,» spiegò il ragazzo dal naso importante e dalla chioma castana e mossa.

«Falla finita, Bryson,» disse Clay, saltando giù dal letto. Afferrò il ragazzo per il collo e gli strofinò le nocche sulla testa mentre entrambi scoppiavano a ridere.

Evan si alzò. «Me ne andrò,» disse a voce bassa. Avrebbe dovuto capire che era troppo bello. Non era il suo posto, quello. L'unico posto adatto a lui erano le strade, visto che era una puttana. Almeno poteva sapere cosa aspettarsi, sempre. Lì, invece, non poteva aspettarsi nulla. Con i calzini in mano, Evan uscì dalla stanza e lungo il corridoio, verso la porta, sperando di trovare Fratello Timothy per riavere i vestiti indietro. Aveva qualche soldo, poteva usarlo per tornare al posto a cui apparteneva.

«Ehi.» Sentì qualcuno correre alle sue spalle. «Evan, fermati.» Continuò a camminare e sentì qualcuno stringergli il braccio. «Dove stai andando?» Quella era un'ottima domanda. Avrebbe potuto rispondere «a casa» ma non ne aveva una. Aveva passato dei mesi a girovagare, dormendo ovunque riuscisse a sistemarsi. «Dai.» Si sentì tirare verso la stanza. «Non ascoltare Bryson, è un emerito imbecille.» Una volta tornati in camera, Clay chiuse la porta, come se il suo compagno di stanza potesse provare a scappare. «Ti va di parlarmi di quello che ti è successo?»

Evan scosse la testa. «Non molto.»

«Va bene. Non devi dirmelo, sai.» Clay vagò per la stanza, raccogliendo qualche vestito sparpagliato e sistemando le coperte. «Sai che cosa penso?» domandò senza fermarsi. «Penso che diventeremo buoni amici.» Un campanello suonò all'esterno e Clay sistemò i vestiti. «Tra cinque minuti c'è la cena,» annunciò. «Forse dovresti mettere via le tue cose, così andiamo.»

Guardandosi intorno, Evan capì che l'unica cosa da mettere via erano le sue calze. Aprì il primo cassetto del comò e mise le calze sotto gli altri vestiti, poi lo chiuse. Il suono di passi nel corridoio attirò la sua attenzione e Clay aprì la porta, aspettandolo sulla soglia.

«Non preoccuparti, andrà tutto bene.» Clay andò in corridoio ed Evan lo seguì, unendosi agli altri ragazzi mentre scendevano le scale. A un certo punto perse di vista il compagno di stanza, e visto che tutti portavano gli stessi vestiti non era facile riconoscerlo. Evan seguì la folla fino a trovarsi in una grande sala da pranzo. Tutti gli altri ragazzi sembravano essere in attesa. Sentì una gomitata sul braccio e vide Clay accanto a sé, gli sorrideva. Guardandosi intorno si rese conto che visto che tutti erano vestiti allo stesso modo era difficile distinguerli, sembravano tutti uguali. Guardando i propri vestiti, Evan capì di essere uguale a chiunque altro – beh, qualcosa del genere.

Tutti i ragazzi abbassarono la testa e fecero silenzio, Evan vide Padre Valentin in piedi a lato della stanza. Evan seguì l'esempio e sentì ciò che sembrava essere una preghiera. Quando essa finì, le porte si aprirono e tutti cominciarono a parlare, tutti a parte lui. Evan seguì Clay, prese un vassoio e fece ciò che faceva il suo compagno di stanza.

Portando il vassoio pieno verso il tavolo, si sedette accanto a Clay e altri ragazzi si unirono a loro. «Amici, questo è il mio nuovo compagno di stanza, Evan. Lui è Pete,» disse Clay, indicando, «Patrick, Wilbur, Dex e infine Frankie.»

Evan si sentiva quasi travolto. Quei ragazzi l'avrebbero amato o odiato dopo una prima occhiata? Ogni tanto si aspettava di avere la parola «puttana» stampata sulla fronte, come se tutti sapessero ciò che aveva fatto per sopravvivere. «Ciao,» disse timidamente.

«Padre Val ha aiutato anche Frankie,» spiegò Clay, Evan guardò il ragazzo seduto all'altro capo del tavolo.

«I miei genitori non potevano pagare le tasse e Padre Val disponeva di una borsa di studio,» spiegò Frankie con un sorriso. «Padre Val cerca di aiutare tutti. Ci sono altri ragazzi che sono stati aiutati,» continuò, indicando la stanza prima di voltarsi di nuovo verso il tavolo. «Ci vuole un po' per abituarsi, ma è una buona scuola e la maggior parte di noi va in ottimi college,» disse Frankie senza perdere il sorriso.

Il college era fuori questione per Evan. Doveva vivere giorno per giorno. Le strade gli avevano insegnato a non pensare al domani, ma a concentrarsi sull'oggi. «Quindi è reale?» domandò Evan, rivolgendosi direttamente a Frankie. «Lui è così bravo senza volere nulla in cambio?»

Tutti i ragazzi al tavolo si voltarono verso Padre Valentin, che camminava lungo i tavoli. Evan lo vide fermarsi quasi a ogni tavolo, parlare con i ragazzi, a volte addirittura ridere o abbracciare qualcuno, specialmente quelli che sembravano i più giovani. Poi si avvicinò al loro tavolo. «Buona sera, ragazzi,» disse gioviale.

«Salve, Padre Val,» sembrò essere la risposta più comune, Evan vide gli altri ragazzi sorridere in direzione del prete, felici di vederlo. «Avete conosciuto tutti Evan?» Annuirono in risposta. «Ottimo. Mi farebbe piacere se gli faceste un po' vedere il posto. Clay, frequenterà diversi dei tuoi corsi.» Tirò fuori una pagina stampata e la porse a Evan. «Clay ti aiuterà a trovare le aule, domani,» gli disse Padre Val. «Ora, ragazzi, forse sto chiedendo un po' troppo, ma potreste evitare i soliti scherzi per i nuovi arrivati? Evan ha bisogno di ambientarsi, mi farebbe piacere se poteste evitare, almeno fino a quando non si sentirà uno di noi.» Tutti i ragazzi annuirono, qualcuno dovette trattenere un sorriso. «Grazie, ragazzi. Vedrò qualcuno di voi durante il controllo delle camere.» Padre Val sorrise, Evan sentì una mano sulla spalla stringergliela leggermente. Alzando lo sguardo, vide il prete sorridergli e non riuscì a ricambiare. Non vedeva qualcosa di simile da quando suo padre gli aveva dato la buonanotte il giorno prima di... Voltandosi, Evan guardò il vassoio, non essendo intenzionato a mostrare agli altri come si sentiva.

Le risate provenienti dal tavolo richiamarono la sua attenzione, vide del latte sul volto di Frankie mentre uno dei ragazzi gli dava una pacca sulla schiena. Evan si accorse di sorridere, ricordandosi come ci si sentiva. Cominciò a mangiare ascoltando i ragazzi divertirsi, accorgendosi di essere coinvolto in quel divertimento. Quando raccontavano le barzellette aspettavano che ridesse anche lui. Uno dei ragazzi emise un peto rumoroso dopo aver detto qualcosa riguardo a una papera sotto il tavolo. Evan sorrise, poi scoppiò a ridere. Sentì la preoccupazione andarsene via almeno un pochino. Quando venne il suo turno raccontò una barzelletta che aveva sentito da suo padre riguardo a un venditore di spazzolini da denti. I ragazzi lo ascoltarono e poi scoppiarono a ridere al momento della battuta finale.

Evan vide uno dei fratelli dirigersi verso il loro tavolo con uno sguardo severo sul volto e tornò a concentrarsi sul piatto. Quando il fratello fu vicino, Evan vide Padre Valentin mandarlo via. Forse gli altri non l'avevano visto, ma avrebbe giurato d'aver visto il prete fargli l'occhiolino mentre mandava il fratello verso un altro tavolo.

Tutti i ragazzi finirono di cenare e sistemarono i vassoi prima di lasciare la stanza. Evan, di nuovo, imitò ciò che faceva Clay per poi seguirlo verso la stanza. Clay accese la luce prima di togliersi l'uniforme. Indossò tuta e maglietta, poi si lasciò cadere sul letto con un libro in mano. «Ne vuoi uno?» domandò Clay porgendogli un libro. «Questo riguarda la prima lezione di domani,» spiegò prima di comunicargli i compiti.

Evan prese posto alla scrivania e aprì il libro. Clay gli passò un foglio di carta ed Evan cominciò a risolvere i problemi. La matematica gli era sempre sembrata facile e quei compiti sembravano familiari, ma ogni manciata di minuti si ritrovava a guardare Clay. Sul punto di finire gli esercizi, Evan si voltò verso l'altro per fargli una domanda e lo vide sbadigliare e stiracchiarsi, la maglietta si era alzata e poté vedere una porzione di addome lievemente abbronzato. Evan si voltò, sentiva il suo corpo reagire. Sapeva cosa vuol dire. Aveva avuto a che fare con uomini con quel tipo di reazione, ma nessuno di loro aveva mai suscitato altrettanto in lui. Clay gli porse un altro libro e spiegò cosa ci fosse da leggere. Evan andò avanti per un po' fino a sbadigliare. «Tra poco è il momento del controllo dei letti,» annunciò Clay. Lasciò la stanza e tornò qualche minuto dopo. «Il bagno è la seconda porta a sinistra. Ti conviene andare, o rischi di aspettare un'eternità.»

Evan prese la piccola busta da bagno che gli era stata data e andò in bagno, sentiva delle risate provenire dalle altre stanze. Lì, gli altri ragazzi si lavavano e si facevano gli affari propri, la maggior parte era già preparata per la notte. Evan cercò di ignorare tutti, si lavò i denti e tornò in camera. Clay era già a letto, Evan si tolse i vestiti e li piegò accuratamente.

Scivolando nelle lenzuola spense la luce. Qualcuno bussò alla porta con delicatezza e la porta si aprì. Entrò Padre Valentin, prima disse buonanotte a Clay e poi si avvicinò al letto di Evan. Il ragazzo guardò il volto del prete e sorrise, consentendo finalmente a se stesso di pensare che tutto ciò fosse reale. Vide il prete sorridergli di rimando prima di dargli una lieve pacca sulla spalla e lasciare la stanza.

«Buonanotte, Evan,» sentì dire a Clay rigirandosi nel letto.

«Notte,» replicò a voce bassa con un sorriso.

CAPITOLO
DUE

«EVAN.» Si voltò e vide Frankie camminare nel corridoio. «Il padre di Dex gli ha mandato uno di quegli elicotteri radiocomandati per il compleanno, andremo a provarlo sul prato dopo la lezione. Ti va di unirti a noi?» chiese Frankie con il suo solito tono di voce entusiasta. Come Evan, anche il ragazzo non aveva molto, ma era sempre pieno di entusiasmo per ciò che riguardava gli altri. «Probabilmente abbiamo solo qualche settimana prima che si metta a nevicare.»

Evan si sistemò i libri tra le braccia. «Certo, sembra divertente,» rispose con un sorriso, cercando di ignorare la morsa allo stomaco, pur essendosi abituato dopo l'inizio della prima sessione autunnale alla Saint Bartholomew. Era parte della sua vita. Se non altro, entro poche ore se ne sarebbe liberato per un altro giorno o qualcosa del genere.

«Ci vediamo nella radura accanto al vecchio orto,» lo salutò Frankie con la mano mentre correva a lezione. Evan proseguì in direzione della sua classe e si fermò fuori dalla porta, aspettando Clay. Non voleva entrare prima del necessario. La sessione primaverile alla St. Bartholomew era andata meglio di quanto sperato. Aveva amici – buoni amici – qualcosa che non avrebbe neanche osato sognare quando viveva per la strada, inoltre per le vacanze primaverili era stato invitato da Clay a casa sua per tutta la settimana. Anche l'estate era andata avanti in maniera tranquilla. Aveva passato molto tempo con Padre Valentin e si fidava di lui quasi come se fosse stato suo padre. Diamine, dal punto di vista di Evan, Padre Valentin era quanto ci fosse di più vicino a un padre. Tutto era andato a meraviglia, molto meglio di quanto aveva sperato. Quando era cominciato il semestre autunnale non si era sentito pronto. Evan non si sentiva completamente a suo agio. L'attrazione che provava per il suo compagno di stanza non era certo d'aiuto. La sua omosessualità non l'aveva sconvolto, lo sapeva da prima di arrivare lì. Ne aveva parlato con Padre Valentin e lui era stato molto comprensivo pur spiegandogli che mettere in pratica certe cose non sarebbe stato tollerato.

No, il problema era il pensare a lui tutto il tempo, sapeva bene che quei sentimenti non sarebbero mai stati ricambiati. Per di più, Clay era il suo migliore amico e la sua ancora di salvezza, qualcosa del genere. Aveva amici, più di quanti ne avesse mai avuti, ma era Clay che lo teneva d'occhio e lui faceva altrettanto. Erano come due fratelli, quella relazione valeva più di ogni altra cosa al mondo per Evan. Di notte, quando tutto era tranquillo, Evan pensava spesso a Clay. Era stato tormentato da pensieri impuri, molti pensieri impuri.

«Hai intenzione di entrare o vuoi restare nel corridoio tutto il giorno?» gli domandò Clay prima di aprire la porta. Evan inspirò profondamente prima di entrare. Varcando la soglia, Evan sentì le proprie difese salire, come muri che aveva sperato di non alzare mai più. Prese posto e attese l'inizio delle lezioni.

«Buongiorno,» salutò Fratello Renier entrando nella stanza. In qualche modo, anche se era vestito esattamente come gli altri fratelli, quell'uomo sembrava sempre vestito un po' meglio degli altri. «Ho i vostri temi, quindi, per favore, sedetevi. Quando vi sarete

SETTE GIORNI | *Andrew Grey*

sistemati li tirerò fuori.» Guardò la classe e tutti fecero silenzio.

«Non può avere nulla da ridire questa volta,» disse Clay a voce bassa, facendosi zittire da Fratello Renier che aveva cominciato a girare per la classe distribuendo i fogli. Avevano lavorato al tema insieme. Quando Renier si avvicinò, Evan si sentì lo stomaco sottosopra, prevedendo ciò che stava per succedere. Fratello Renier prese un foglio dal fondo della pila e glielo porse.

«Vieni da me dopo la lezione,» disse prima di andarsene. Evan guardò il foglio, c'era una D- rossa scritta nell'angolo superiore. Sbirciando, Evan vide il tema dell'amico con un'A- scritto sopra. Evan piegò il foglio per evitare che Clay potesse vederlo.

«Niente da fare, ragazzo,» sospirò Clay facendosi zittire di nuovo da Fratello Renier.

«Rivediamo i punti più importanti di *Romeo e Giulietta*,» cominciò Fratello Renier. Evan cercava di prestare attenzione ed evitare di pensare a ciò che sarebbe successo dopo la fine della lezione. «Signor Herbst, potrebbe andare a pagina trentaquattro? Lei leggerà la parte di Romeo e il signor Mueller, visto che ha tanta voglia di chiacchierare, farà Giulietta.» Clay si alzò ed Evan lo ascoltò mentre leggeva la parte femminile. Quelle parole riuscirono a raggiungere il suo cuore, sperava che qualcuno potesse dirgli qualcosa del genere. Ma non sarebbe successo, o almeno non ora.

La campanella segnalò a tutti la fine della lezione, Evan restò seduto mentre tutti gli altri lasciavano la classe. Clay chiuse il libro e si preparò per uscire, poi si fermò accanto alla porta per guardare Evan. Evan l'avrebbe voluto seguire ma non poteva. «Signor Mueller,» lo mise in guardia Fratello Renier con un tono vagamente minaccioso, «non dovrebbe fare tardi alla prossima lezione.» Evan lo vide guardare Clay per poi tornare a concentrarsi su di lui e sentì un brivido percorrergli la schiena. Evan vide Clay lanciargli un'ultima occhiata prima di uscire, Fratello Renier andò a chiudere rumorosamente la porta. «Il tuo lavoro non risponde agli standard richiesti da questa scuola e al livello degli altri studenti del corso,» cominciò Fratello Renier tornando verso Evan, gli occhi fissi su di lui. «Abbiamo già parlato di questo più volte dall'inizio del semestre e temo che ci sia bisogno di un'altra lezione riguardo a ciò che ci si aspetta da te.» Evan deglutì senza dire nulla, sapendo bene ciò che stava per succedere. «Non ho idea del perché Padre Valentin possa aver ammesso qualcuno come te in questa scuola, ma puoi renderti comunque utile, vero, Evan?» domandò Fratello Renier avvicinandosi. Si sporse sul banco di Evan, la faccia vicinissima a quella del ragazzo, che riusciva a sentire perfino l'odore del dentifricio alla cannella che l'uomo aveva usato quella mattina.

«Non voglio,» disse Evan a voce bassa cercando di alzarsi. Fratello Renier gli mise una mano sulla spalla impedendogli di andarsene. «Non l'ho mai fatto.» aggiunse, quasi in un sussurro.

«Certo che l'hai fatto,» gli rispose Fratello Renier, «prima di venire qui eri una puttanella che lavorava in strada, ora pensi di essere diventato una persona rispettabile.» Renier scosse la testa. «Considerando ciò che hai fatto per tutto il semestre non lo sei.» Evan si sentì trascinare verso lo stanzino sul retro. «Considerando il tuo passato, tutti crederebbero che ti sei offerto volontariamente.» Evan fu spinto nello stanzino, poi Fratello Renier chiuse la porta e si mise di fronte a lui, a gambe aperte. Il ragazzo fu spinto sulle ginocchia.

Evan sentì la sua coscienza volare via come aveva sempre fatto, fu come spegnersi. Era l'unico modo per farlo quando era in strada, era l'unico modo per farlo ora. Quella volta, però, le cose erano diverse. Clay non avrebbe più voluto avere niente a che fare con lui se qualcuno li avesse scoperti. Ogni volta che era stato costretto, Evan aveva sentito un pezzetto della felicità che aveva raggiunto volare via, tutto ciò che poteva sentire nella sua testa era Fratello Renier che gli dava della puttana. *Clay come avrebbe potuto amare una puttana?* Malgrado tutto, accadeva tutte le volte. Evan si sentiva quasi infedele nei confronti di Clay, nei confronti di ciò che provava per lui.

Evan sentì il suono di una zip che si abbassava, poi una cintura che veniva slacciata. Improvvisamente venne riportato indietro in quel vicolo. L'ultima volta che l'aveva fatto in città era praticamente fuggito via. Riusciva a sentire il freddo alle ginocchia e i pantaloni bagnati dalla neve. Riusciva a sentire l'odore dei cassonetti dell'immondizia e il pavimento che gli graffiava le ginocchia. Cercando di rimuovere dalla testa ciò che stava accadendo, Evan cercò di ripensare a quando, in primavera, lui e Clay erano andati in città con Fratello Timothy. Lui si aspettava solo una possibilità per allontanarsi dalla scuola, ma si erano fermati per prendere un gelato al parco e avevano giocato a palla fino a quando non avevano sentito le mani indolenzite. Evan cercò di riportare alla mente ricordi felici per resistere a ciò che gli stava accadendo, per non sentire come veniva chiamato. I nomi, le parole, sembrava sempre peggio. Ogni volta che succedeva, ciò che gli diceva Fratello Renier era sempre la parte più difficile da rimuovere dalla memoria.

La gola gli doleva, gli occhi erano umidi, Evan continuò a riempire la testa di ricordi felici, lasciandone da parte alcuni. Non aveva mai consentito a se stesso di pensare a Clay. Non voleva rovinare quel pensiero con ciò che stava facendo. Evan si sentì soffocare e cominciò a tossire mentre quelle immagini svanivano e veniva riportato al presente. Senza pensare, sputò e aprì gli occhi, vide una macchia bianca e viscida sui pantaloni di Fratello Renier. «Pezzo di merda,» ringhiò Fratello Renier tirando indietro la mano. Evan sperò quasi di essere colpito, ma non fu così. Invece, l'uomo prese un rotolo di carta igienica per asciugare i pantaloni dal suo stesso liquido. Evan osservò quell'insegnante, una persona di cui teoricamente ci si potrebbe fidare, mentre si tirava su la zip e si allacciava la cintura, per poi sistemarsi i pantaloni e uscire senza nemmeno voltarsi per guardarlo.

Evan si mise le mani sugli occhi e sentì arrivare le lacrime. Si impose di restare tranquillo, aspettando il rumore della porta che si chiudeva prima di cominciare a piangere. Cercò i fazzoletti di carta, si asciugò gli occhi e si mise in piedi. Uscì dallo stanzino e tornò al banco. Il voto sul suo tema era diventato un A-, accanto c'era un permesso di uscita. Mise entrambi in borsa e si asciugò gli occhi ancora una volta prima di buttare i fazzoletti nella spazzatura. Aprì la porta e uscì dalla classe, per fortuna non c'era nessuno.

Si fermò in bagno per bagnarsi la faccia, poi la asciugò. Corse per recarsi al corso di matematica. Aprì la porta e diede il permesso all'insegnante prima di prendere posto accanto a Clay, come al solito. «Signor Donaldson, ha fatto i compiti?» domandò il signor Gerhardt. Evan dovette scavare in borsa ma riuscì a trovare il foglio, lo diede all'insegnante e poi tirò fuori tutto il necessario per la lezione. Il ragazzo cercava di concentrarsi su ciò che l'insegnante stava dicendo, ma si sentiva addosso gli occhi di Clay e si costrinse a non guardarlo. Evan sapeva bene che Clay avrebbe letto il suo volto come un libro aperto, non poteva sopportare la reazione che il suo amico avrebbe avuto una volta scoperto quanto successo. Evan continuava a dirsi che non era stata colpa sua, ma in fondo pensava che lo fosse. Fratello Renier non gli aveva detto nulla che non fosse vero, e non importava ciò che potesse pensare o quanti amici potesse avere, o quanto duramente provasse a far funzionare le cose: restava comunque una puttana che si vendeva sulle strade per sopravvivere.

«Che è successo?» domandò Clay, sporgendosi verso di lui mentre Gerhardt era girato.

«Ha detto di aver fatto un errore,» rispose Evan, mostrando a Clay il voto modificato per poi tornare a concentrarsi sulla lezione.

Evan non riusciva nemmeno a seguire il corso che preferiva. Le lacrime continuavano a minacciare di uscire mentre pensava ai mesi passati. Sapeva bene ciò che avrebbe dovuto fare, avrebbe dovuto lasciare la scuola. A quel pensiero la gola gli si strinse a tal punto da rendergli difficile respirare, eppure non vedeva altra scelta. In città poteva avere comunque una sorta di controllo: decideva lui con chi andare. Lì, invece, non era padrone delle sue scelte. Era alla mercé di Fratello Renier e odiava ogni minuto che passava con lui. Sbirciò verso Clay e si vide osservato di rimando dal suo amico, il migliore amico che avesse mai avuto. Il pensiero di andarsene e non rivedere più Clay gli spezzava il cuore. Essere il compagno di stanza di quel ragazzo, vederlo ogni giorno insieme agli altri amici gli faceva quasi pensare che valesse la pena restare.

«Signor Donaldson.» Evan si sentì chiamare e alzò la testa, accorgendosi di essere guardato da tutti i presenti. «Potrebbe risolvere il problema alla lavagna?» Evan si alzò, nonostante i tremori alle gambe che lo tormentarono mentre si avvicinava alla lavagna. La raggiunse, prese un pezzo di gesso e inspirò profondamente. Tutta la classe era in attesa, ma cercava di scacciare quell'idea dalla testa. «Evan,» disse il docente a voce bassa, «c'è qualcosa che non va?»

Evan scosse la testa e fissò gli scarabocchi disegnati sulla lavagna. Fece un passo indietro, si passò il dorso della mano sugli occhi e si impose di concentrarsi. Cominciò a lavorare a quell'esercizio di algebra. La mano gli tremava ma riuscì a tracciare le prime linee, la mente cominciava a schiarirsi, gli ingranaggi cominciavano a girare, il cervello parve accendersi di nuovo. Il groppo in gola scomparve mentre continuava a svolgere il complicato esercizio. Passo dopo passo, l'ordine emerse dal caos nella sua testa e finì il problema con un gesto lievemente plateale. Guardò l'insegnante e lo vide sorridere, tornò a sedersi e il professor Gerhardt ricominciò la spiegazione.

Una volta giunto il termine della lezione, Evan si sentiva più tranquillo. Le conseguenze dello scontro con Fratello Renier erano stipate in un angolo della sua testa, dietro a un muro. Pareva essere l'unico modo per affrontare tutto ciò. Non ci pensò e cercò di passare ad altro. Per esempio, a ciò che aveva fatto negli ultimi mesi e a ciò che doveva continuare a fare, anche se diventava sempre più difficile. «Ev,» sussurrò Clay una volta assegnati i compiti di matematica. C'era ancora un po' di tempo, così cominciarono a lavorarci subito sopra, in silenzio. «Tutto bene?»

Evan annuì, tirò fuori il suo quaderno e cominciò a risolvere il primo problema assegnato. I numeri erano sempre stati semplici per lui, quel giorno non rappresentava un'eccezione. Una volta finito il primo senza troppe difficoltà continuò al seguente. Man mano diventavano sempre più complessi. Mentre svolgeva gli esercizi, la mente di Evan continuava a farsi sempre più chiara per risolvere i problemi che si trovava davanti, più che per ripensare a ciò che era successo con... Evan impediva a se stesso di ripensare agli ultimi avvenimenti. In quel momento non importava, doveva pensare alla matematica. Era talmente concentrato che quasi non sentì la campanella di fine lezione.

Evan alzò la testa, radunò le sue cose e si diresse in fretta verso il corridoio. «Ev, aspetta,» lo chiamò Clay alle sue spalle, spingendolo a rallentare. «Ce l'hai con me?»

Evan addolcì la propria espressione, nel tentativo di nascondere l'agitazione che provava. L'ultima cosa che voleva era lasciare che Clay pensasse d'aver sbagliato qualcosa. «No.» Evan sorrise al suo amico. «Sono solo sovrappensiero, tutto qui.» La campanella d'avvertimento suonò. «Dovremmo sbrigarci o arriveremo in ritardo a religione,» disse Evan, e insieme si diressero verso un'altra aula per la lezione successiva.

Una volta arrivati, Evan si sedette al solito posto. Con sua grande sorpresa, invece di Fratello Joda, il loro insegnante abituale, fu Padre Val a entrare in classe, chiudendosi la porta alle spalle. «Fratello Joda è malato e non poteva farvi lezione oggi, così lo sostituisco,» spiegò Padre Val con un sorriso dirigendosi alla cattedra. «Non sono più abituato,» aggiunse con espressione gioviale. «So che state rivedendo i sacramenti e discutendo di Confessione e Riconciliazione. Credo che quasi chiunque di voi potrebbe dirmi ciò che recita il catechismo, ma vorrei sapere cosa significa per voi e vorrei che me lo diceste con le vostre parole.» Padre Val vagò con lo sguardo per la stanza, ma Evan si sentiva gli occhi del prete puntati addosso, indipendentemente da dove guardasse.

Un ragazzo in prima fila alzò la mano e padre Val annuì. «Significa confessare che cos'hai fatto di sbagliato.»

Padre Val annuì lentamente. «Sì, è così, ma è anche qualcosa di più. Nella chiesa abbiamo formalizzato questo processo nei secoli, con questa formalità si è perso parte del significato originale.» Padre Val si spostò fino a posizionarsi dietro al piccolo leggio. «Quando hai fatto qualcosa di sbagliato lo sai, giusto?»

Evan si ritrovò ad annuire insieme alla maggior parte dei ragazzi nella stanza. «E come ti senti quando sai di aver fatto qualcosa di sbagliato?» domandò Padre Val prima di rispondersi da solo. «Ti senti male.» Altri annuirono. «Ma come si fa per sentirsi meglio?»

«Ci si confessa,» suggerì Frankie qualche sedia più indietro.

«Sì,» concordò Padre Val, «ma c'è più di questo. Quando si commette un peccato si incrina la relazione con Dio e noi crediamo che quella relazione debba essere riparata. La confessione è il primo passo per rimediare agli errori,» continuò Padre Val. Evan era particolarmente interessato a quell'argomento. «La confessione viene svolta tra te, il tuo prete e Dio. Una volta confessato il peccato, bisogna espiare le proprie colpe. Questa è la parte della riconciliazione, ristabilisce la tua relazione con Dio. La parte della confessione è facile, la riconciliazione spinge a riflettere sul proprio comportamento e a migliorarlo nella maniera appropriata. Può essere difficile, certo, ma un cambiamento significativo non è mai semplice.»

«E se si vedesse peccare qualcun altro?» domandò Frankie, tranquillo.

«Autorizzare qualcun altro a peccare è grave quanto peccare in prima persona.» Padre Val sembrò leggermente impreparato. «Dovresti discuterne con loro per aiutarli a confessarsi e a essere perdonati. È anche per questo che siamo tutti qui, per aiutarci l'un l'altro, dobbiamo aiutare il prossimo.» Padre Val alzò la mano per zittire la classe che era esplosa in un chiacchiericcio. «A ogni modo, sono situazioni di cui non ci si dovrebbe occupare di persona. Se un altro individuo fa male o subisce del male, la cosa migliore da fare per aiutarlo è consultarsi con qualcuno con più esperienza. Quel qualcuno posso essere io, o un altro fratello, i tuoi genitori e, a volte, le autorità.»

«E, invece, riguardo alle ultime notizie che riguardano i preti? Come si collega al sacramento? A volte non bisognerebbe applicarlo?» domandò uno dei ragazzi dal fondo della classe. Evan non poteva vederlo ma trovò molto interessante l'argomento e ci rifletté su.

Padre Val cominciò a camminare di fronte alla cattedra e si appoggiò sul bordo. «Siete tutti bravi ragazzi con uno splendido futuro davanti e vedete tutti i telegiornali. Non ve li nascondiamo. Si è sentito parlare molto della chiesa negli ultimi tempi e non in maniera positiva. Il sacramento di Confessione e Riconciliazione è stato usato in alcuni casi in cui non si sarebbe dovuto usare, non perché fosse sbagliato il sacramento, bensì perché il penitente che ha confessato i suoi peccati non era penitente e non ha cambiato il proprio comportamento. L'inviolabilità del confessionale è sacra ma a volte può non essere sufficiente. Confessione e Riconciliazione consistono soprattutto nell'accettare le responsabilità del proprio peccato, chiedendo il perdono a Dio per poi espiare le proprie colpe in modo da riconciliarsi con lui.» La campanella suonò. Evan pensò che Padre Val sembrasse piuttosto sollevato per la fine della lezione, d'altra parte aveva un sacco di domande da fare.

Restando al suo posto, Evan osservò gli altri ragazzi lasciare la stanza. Clay si alzò ma restò ad aspettare l'amico. «Posso aiutarvi?» domandò con dolcezza Padre Val.

Evan guardò Clay e poi Padre Val. Aveva un sacco di domande da fare ma non se la sentiva di chiedere, soprattutto davanti al suo amico. Alla fine, Evan fece spallucce e restò in silenzio per poi dirigersi verso la porta. Invece di svoltare a destra verso la strada più breve per la cappella, andò a sinistra camminando in fretta lungo il corridoio, aveva bisogno di un po' di aria fresca.

«Dove stai andando?» domandò Clay, preoccupato. «Dovremmo seguire gli altri.»

Evan si voltò. «Tu fallo, io non posso. Mi confesserò più tardi,» rispose secco dirigendosi verso il dormitorio. Evan si chiese se Fratello Renier confessasse ciò a cui lo costringeva in quel fottuto stanzino. «Com'è andata?» mormorò tra sé e sé. «Mi sono fatto succhiare il cazzo da quella piccola puttana di Evan Donaldson per fargli ottenere il voto che meritava. Dovrò recitare tre Ave Maria, due rosari, mi dica le cose come stanno.» Evan diede un colpo sul petto di Clay mentre la rabbia e la frustrazione gli riempivano la testa. Non aveva neppure notato la sua presenza. Affrettandosi, Evan si fece strada verso la sua stanza. Si chiuse la porta alle spalle e lanciò i libri sul materasso per poi unirsi a loro rimbalzando lievemente sulle molle.

Udì Clay entrare nella stanza e sistemare i libri sulla scrivania. «Non è da te comportarsi così,» gli disse. «Stai male?»

Evan rotolò sul letto in modo da dare le spalle a Clay. La rabbia stava lentamente andando via per lasciare il posto a tristezza mischiata a compassione e un pizzico di disgusto per se stesso. «Sì, sto male, a quanto dice Fratello Renier,» rispose Ewan. Quelle parole furono poco più di un sussurro, le lacrime cominciarono a rigargli le guance fino a bagnare il cuscino.

«Vuoi che chiami l'infermiere?» domandò Clay dolcemente. Evan lo sentì sedersi sul bordo del letto.

«No,» rispose Evan esitante, «non è quel tipo di dolore.»

«C'entra Fratello Renier?» domandò Clay, pacato. Evan si irrigidì ma non disse nulla. «Sta succedendo qualcosa, so che è così. Ogni volta che resti lì dopo la lezione, poi sei di cattivo umore per tutto il giorno.» Evan avvertì il tocco del compagno sulla spalla e parte di sé l'avrebbe voluto spostare, ma non ci riuscì. Quel tocco lo fece sentire bene. Gli occhi di Clay erano fissi sui suoi, come in cerca di una risposta. Evan ebbe il fortissimo impulso di stringerlo a sé, ma dovette trattenersi con il suo ultimo rimasuglio di volontà. Avrebbe voluto conoscere il gusto delle labbra di Clay, avrebbe voluto stringerlo ed essere stretto a sua volta, per poi passargli le dita tra i capelli ed esplorare il corpo che aveva ammirato, in genere protetto dall'oscurità della notte, anche solo per una volta. Una volta sarebbe bastata per renderlo felice. Evan chiuse gli occhi e si lasciò sopraffare da quella fantasia prima di ritornare di nuovo alla realtà. Clay non aveva mai dato il minimo segno di essere interessato a qualcos'altro a parte l'amicizia. Inoltre, Clay meritava qualcosa di meglio di una puttana succhiacazzi.

«Cosa ti ha fatto?» La domanda di Clay spazzò via l'illusione di Evan come avrebbe fatto il vento con una nuvola di fumo. «So che ti ha fatto qualcosa. Ti ha fatto male? Perché lo prenderò a calci in culo se è così.»

«Clay...» disse Evan in un sussurro.

«Ti ha colpito con il bastone che c'è nello stanzino?» Evan scosse la testa, incapace di proferir parola. «Cos'ha fatto? So che ha fatto qualcosa, oggi non era neanche la prima volta.» Clay gli massaggiò il braccio. «Ci sono state un po' di chiacchiere al riguardo,» disse. Evan sgranò gli occhi, incapace di credere a ciò che aveva appena sentito.

«Che tipo di chiacchiere?»

«Ne parlava Gooding la scorsa settimana. È uno dei più grandi, ha detto di averti sentito dire che non volevi essere lasciato solo con Renier. Gli ho chiesto se sapesse il perché ma mi ha detto di no.» Clay si fermò e studiò la sua espressione. «Credevo che fossero solo chiacchiere ma non è così, vero? È successo qualcosa?»

Evan fissò Clay, gli occhi erano bloccati sul suo amico mentre decideva cosa fare. Il suo primo pensiero fu quello di andarsene senza dire nulla. Avrebbe dovuto spiegare ciò che era successo, ma il pensiero di dire tutto l'accaduto a Clay lo faceva star male, gli era difficile sopportare tutte le emozioni che stava provando. Prima che si potesse rendere conto di ciò che aveva fatto, Evan si ritrovò ad annuire lentamente. «Sì!» strillò per poi affondare la testa nel cuscino, cercando di non pensare ai nomi schifosi con cui lo chiamava Fratello Renier o a ciò che era accaduto. Ormai aveva lanciato il sasso e non poteva tirare indietro la mano: Evan lasciò uscire tutto ciò che aveva trattenuto per settimane. Il cuscino assorbì ogni lacrima e smorzò il suono dei suoi singhiozzi.

Delle mani gli stavano accarezzando la schiena, all'inizio però Evan quasi non se ne accorse, poi il tocco aumentò d'intensità e capì che Clay lo stava confortando. Il suo amico non si era allontanato come aveva temuto. «Cosa ti ha fatto?» gli domandò con dolcezza.

Evan rotolò sul letto in modo da non dare la schiena a Clay e aprì la bocca, poi saltò per terra. Corse fuori dalla stanza e lungo il corridoio, arrivò in bagno per poi rigettare tutto ciò che aveva mangiato a colazione. Alle sue spalle, sentì la porta aprirsi e chiudersi, poi la mano di Clay appoggiata sulla spalla e un fazzoletto di carta che gli penzolava davanti. Evan si pulì la bocca con il fazzoletto e poi si mise in piedi con qualche difficoltà per al lavandino. Si tolse il sapore di bile dalla bocca e si voltò verso Clay. Quando lo fece, si sentì mancare il respiro nel vedere le lacrime sul volto dell'amico. «Ha continuato a darmi voti bassi e quando ho chiesto spiegazioni mi ha spiegato come fare per alzarli.» Evan deglutì, tutt'altro che intenzionato a dire altro. Non era sicuro di poterlo fare senza sentirsi male, così restò in silenzio.

«Anche oggi?»

Evan si sentì soffocare e annuì. «Abbiamo lavorato insieme quindi avremmo dovuto avere lo stesso voto, ma non è stato così fino a quando io...» Si coprì il volto con le mani, desiderando di sprofondare nel pavimento.

«Non è colpa tua.» disse Clay con dolcezza, stringendo l'altro in un abbraccio. Evan avrebbe dato qualsiasi cosa, l'anno prima, per farsi abbracciare da lui, ma non in quel modo. Appoggiò la testa sulla spalla di Clay, chiuse gli occhi e cercò di non pensare a ciò che provava per lui, limitandosi a lasciarsi confortare. «Lo penso davvero, Evan. Non è colpa tua. È colpa di Fratello Renier e ne dovrà rispondere.»

«Cosa dovrei fare?» domandò Evan a voce bassa per poi alzarsi e sentire le braccia di Clay scivolare via.

«Non lo so, ma intanto torniamo in camera, proveremo a capirci qualcosa.» Clay si diresse verso la porta, Evan lo seguì continuando ad asciugarsi gli occhi nel tragitto.

«Come mai non siete a messa?» Evan si voltò e vide Fratello Timothy diretto verso di loro.

«Evan sta male. Ha appena vomitato in bagno. Pensa che sia per qualcosa che ha mangiato,» rispose Clay. Il cibo che davano a scuola lasciava a desiderare, tutti lo sapevano. Le suore che si occupavano della mensa erano piuttosto simpatiche ma necessitavano comunque di qualche lezione di cucina.

«Mi sento meglio, ora,» disse debolmente Evan continuando a camminare verso la stanza. Non sentì ciò che disse Fratello Timothy ma Clay si unì a lui chiudendo la porta.

«Lo so che non è quello che vorresti sentirti dire, ma devi dire a Padre Val quello che è successo» disse Clay. Evan cominciò a scuotere la testa violentemente. L'avrebbe detto a chiunque altro, ma non a lui. «È grave, lui saprà come gestirla al meglio. Se lo dicessimo al rettore, lui andrebbe da Padre Val. inoltre, Fratello Renier lavora per lui. Verrò con te, se lo vuoi,» si offrì Clay. Evan guardò il suo amico e capì di amarlo, l'avrebbe amato per sempre anche per il supporto che gli stava dando.

Evan pensava che fosse qualcosa da fare da solo. «Glielo dirò,» disse, calmo, asciugandosi gli occhi ancora una volta, «ma credo che dovremmo pranzare. O, meglio, tu puoi pranzare, io berrò qualcosa.»

«Sicuro?» chiese Clay dirigendosi verso la porta.

«Sì, non mi posso nascondere per sempre.» Evan lo seguì e si diressero verso la mensa.

La maggior parte delle teste si voltò quando entrarono, non per ultima quella di Padre Val, che si avvicinò loro quasi immediatamente.

Evan guardò Clay, che annuì. Osservarono il prete avvicinarsi. «Nessuno di voi due era a messa.» Non era una domanda ma Evan rispose comunque.

«Non mi sentivo bene,» spiegò Evan, facendo vedere a Padre Val di avere solo un piccolo bicchiere di succo di mela. Si sentì spingere leggermente dal gomito di Clay. «Avrei bisogno di parlarti.»

«Sai bene che la mia porta è sempre aperta. Vieni nel mio ufficio durante la pausa e potremo parlare.» Padre Val li guardò entrambi in quel modo curioso tipico dei preti, facendoti sapere che non era esattamente contento di te, ma facendo sembrare che te la lasciasse passare liscia dicendoti allo stesso tempo che ti controllava, tutto nello stesso momento.

Evan annuì e finì di bere il succo, lo stomaco stava un po' meglio. Era ancora piuttosto nervoso, aveva i nervi talmente a fior di pelle da sentirsi sul punto di cominciare a tremare, ma un bagliore di speranza lo confortava. Se Padre Val avesse creduto alle sue parole e avesse fatto qualcosa, forse tutto si sarebbe fermato e lui prima o poi sarebbe stato di nuovo felice. Mentre Evan rimuginava a testa bassa, gli occhi fissi sul piano del tavolo, Clay finì di pranzare. Una mano gli toccò la spalla facendolo sobbalzare. «Scusa.» Era Frankie, in piedi proprio dietro a lui, con il solito sorriso sulla faccia. «Vi aspettiamo dopo la lezione per far volare l'elicottero?»

Un po' della felicità di Frankie lo contagiò per qualche istante ed Evan sorrise all'intelligentissimo ragazzo più giovane. Gli piaceva Frankie, il contrario sarebbe stato impossibile. Aveva un anno in meno di lui ma seguivano molte lezioni insieme perché era molto brillante, si approcciava a tutto e tutti con un entusiasmo totale. «Ci saremo.» Evan cercò di mostrare un po' di entusiasmo ma smise di farlo una volta sparito Frankie.

«Dai, coraggio, ancora una lezione e forse tutto questo finirà,» disse Clay afferrando il vassoio. Evan pensava che qualsiasi cosa avesse potuto dire a Padre Val, quella non sarebbe stata la fine, solo l'inizio. L'inizio di cosa, non lo sapeva. Prese il bicchiere e seguì Clay, che mise i piatti sporchi nella tinozza per poi uscire dalla mensa e dirigersi in camera per recuperare i libri.

La lezione seguente trascorse in maniera incredibilmente veloce. Dopo qualche incitamento da parte di Clay, Evan si ritrovò davanti alla porta dell'ufficio di Padre Val, guardandosi intorno nervoso prima di bussare. Sentì la voce del prete che lo incitava a entrare e così si decise a spingere la porta.

«Evan, come posso aiutarti?» domandò Padre Val non appena il ragazzo fu entrato nella stanza. Evan fece un passo avanti e chiuse la porta, poi prese un respiro profondo. Non sapeva come cominciare e come dirglielo. «Qualcosa ti turba, è ovvio. Prima di oggi non avevi mai saltato la messa e non ti ho mai visto poco affamato, inoltre.» Padre Val fece l'occhiolino. «Perché non ti siedi e mi parli un po'?»

Evan si accomodò su una delle sedie nella stanza. «Non so come dirtelo...» cominciò Evan «... ma riguarda Fratello Renier.»

«So che ci sono stati dei problemi con il suo corso, quest'anno, ma applicandoti potrai fare di meglio.»

Evan scosse la testa. «Non è questo. Beh, forse è questo, in un certo senso.» Evan si rese conto di divagare, ma ci sarebbe arrivato.

Padre Val gli prese la mano. «Rilassati e comincia dall'inizio,» disse, paziente.

Evan fece un respiro profondo ed espirò lentamente. «Una settimana fa o giù di lì, dopo l'inizio dei corsi, sono rimasto in classe per chiedergli un aiuto, visto che i miei voti non erano buoni quanto avrei voluto.» Si era sempre impegnato molto, come per provare a Padre Val che non aveva sbagliato a portarlo lì. «E si è offerto di aiutarmi. Ho capito però che il suo aiuto aveva un prezzo.» Evan sentì le parole cominciare a fluire sempre più veloci. «Fratello Renier aveva scoperto qualcosa riguardo a ciò che facevo in città e ha deciso di volere quello, in cambio dell'aiuto.»

Evan si interruppe e guardò Padre Val, che aveva gli occhi sgranati. «Quando mi dava un brutto voto, se restavo dopo la fine della lezione, mi portava nello stanzino e...» Evan sentì la bocca diventare secca – non poteva dire ciò che Fratello Renier l'aveva costretto a fare, non a Padre Val. Non alla persona più simile a un padre che avesse. All'improvviso si sentì di nuovo lì, chiuso, in ginocchio, cominciò a tremare. «Successivamente, mi dava dei voti diversi.» Evan si fermò per un istante osservando l'orrore sul volto di Padre Val. «I voti che mi sarei meritato. Mi stava costringendo a...» Evan deglutì «... servirlo.»

Padre Val non disse nulla, Evan non riuscì a capire nulla da quell'espressione oltre alla sorpresa e all'orrore.

«Non volevo, Padre Val. Non volevo. Sei stato così buono con me, mi hai insegnato le regole, le ho seguite e ho sempre fatto ciò che mi chiedevi di fare.» Evan si fissava i piedi, incapace di guardare il volto di Padre Val per un istante di più, aspettando che dicesse qualcosa.

«Hai scambiato favori sessuali per voti?» domandò Padre Valentin.

«No, non è così. Mi ha costretto. Non volevo, sinceramente.» Evan cominciò a piangere alzandosi dalla sedia e avvicinandosi a Padre Val, che fece un passo indietro. «Non volevo. Mi stava abbassando i voti per...» le parole morirono in bocca a Evan non appena guardò il prete in faccia, vide pietà e stupore. «Non mi credi?» domandò Evan, leggermente troppo forte. «Mi ha usato e tu non mi credi.»

Padre Val sembrava una statua, era immobile mentre Evan lo guardava. «Io...» cominciò a dire Padre Valentin, poi strinse la mascella, gli occhi erano ancora spalancati, come se non potesse credere a ciò che Evan gli aveva detto, o come se non ci volesse credere.

Evan si guardò intorno, cercando un modo per convincere Padre Valentin. Tornando alla scrivania, prese una Bibbia. «Ti sto dicendo la verità,» supplicò scuotendo il libro sacro con le mani. «Non ti ho mai mentito,» insistette, implorando Padre Valentin di credergli. Evan aspettò una reazione ma l'uomo sembrava bloccato, il ragazzo purtroppo sapeva ciò che voleva dire. Vide quello sguardo vuoto e indietreggiò, incapace di credere che il prete, colui che considerava quasi come un padre, non riuscisse a credergli. Era intrappolato, non c'era via di uscita.

Si sentiva ribollire di rabbia, rabbia repressa dopo l'abuso e shock per la reazione di Padre Valentin, che considerava un tradimento dell'affetto che provava.

Afferrò il libro e lo scagliò sul pavimento, la copertina produsse uno schiocco schiantandosi sul legno, quasi come un colpo di proiettile. «Dio è morto!» urlò Evan. «È tutta una massa di cazzate. È morto quel giorno insieme ai miei genitori, tu l'hai seppellito oggi!» urlò riprendendosi i libri. «Non metterò mai più piede nella tua chiesa!» Si affrettò a uscire prima che Padre Valentin potesse rispondere, rischiò di buttare a terra Fratello Timothy sbattendo la porta alle spalle, voleva andarsene il più velocemente possibile.

«Evan!» Sentendo la voce di Clay alle spalle, Evan rallentò, arrivando addirittura a fermarsi. «Che è successo?» domandò l'amico avvicinandosi. Evan si voltò e vide l'altro boccheggiare. «Non ti ha creduto?» Evan scosse la testa. Avrebbe voluto ancora un po' del conforto avuto prima ma non sapeva come chiederlo. «Ora che cosa farai?»

Evan fece spallucce. «Me ne andrò, direi.» Si sentì privo di vita come un palloncino sgonfio. Aveva pensato più volte di farlo, ma non riusciva a immaginare il dove. Non voleva tornare in strada, una volta scoperto ciò che era possibile avere. «Non lo so,» aggiunse, dirigendosi verso la classe dove si sarebbe tenuta la lezione seguente, senza pensarci davvero.

«Incontriamoci in camera dopo la lezione,» gli disse Clay, Evan annuì lentamente prima di andare in classe. Le lezioni successive passarono in maniera confusa. Evan non riusciva a concentrarsi su niente. Era stato chiamato, una volta, ma si era limitato a fissare l'insegnante con sguardo vuoto e scuotere la testa. Il docente sembrava aver avuto pietà di lui, fortunatamente non aveva insistito e non aveva fatto altre domande. Dopo la lezione si diresse di nuovo verso il dormitorio, verso la stanza, dove non trovò solo Clay ma anche Frankie.

«Scusa, Frankie,» disse Evan, «non ho molta voglia di far volare l'elicottero. Tu vai, ti divertirai.»

«Non è qui per questo,» lo corresse Clay con voce seria. «Ho visto i ragazzi dopo la lezione e ho chiesto se qualcuno di loro avesse avuto dei problemi con Fratello Renier. Hanno scosso la testa, tutti a parte Frankie.»

Evan sbiancò e si sedette sul bordo del letto. Frankie? Il dolce, sorridente, felice Frankie? Evan si sentì ribollire di rabbia al solo pensiero. «Cos'è successo?» domandò mentre la sua mente, finalmente calmatasi dopo l'incontro con padre Valentin, veniva di nuovo travolta dall'ira.

Frankie non disse niente, Evan vide Clay annuire. «Va tutto bene, Frankie, nessuno di noi lo dirà a nessuno a meno che non sia tu a volerlo.»

«Qualche settimana fa sono rimasto in classe per fare qualche domanda. Era molto vicino a me, come faceva sempre, credo che mi abbia toccato. Non ne sono sicuro. Poi mi ha detto che avevo bisogno di un aiuto speciale e che potevamo occuparcene al di fuori della lezione.» Frankie sembrava sul punto di tremare. «Sembrava inquietante, me ne sono andato e non gli ho mai chiesto altro da allora.» Il ragazzo, ora, pareva essere vicino alle lacrime, Evan sapeva bene come ci si sentiva. «Non ho fatto niente di sbagliato, vero? Non l'ho illuso o qualcosa del genere.»

Evan si alzò. «No. Non hai fatto niente. È Fratello Renier ad avere un problema.» L'aveva finalmente capito. Il suo passato era irrilevante, era Fratello Renier ad abusare della sua posizione ed era un pervertito se andava dietro a Frankie. «Come ti ha detto Clay, non lo diremo a nessuno, lo prometto,» disse Evan cercando di sorridere. «Vai a divertirti con l'elicottero, ora.»

La porta non si era ancora richiusa quando Clay cominciò a tempestare Evan di domande. «Cosa faremo? Vuoi davvero andartene? Non puoi. Dobbiamo fare qualcosa!»

«Clay, non so cosa farò, ma devo dire a Padre Valentin che quel mostro ci ha provato anche con altri ragazzi. Non farò alcun nome, ma deve sapere. Forse ora mi crederà.» Clay non sembrava convinto, neanche Evan lo era, ma doveva almeno tentare. Si chiedeva quanti ragazzi fossero coinvolti.

Evan si alzò dal letto e si diresse verso la porta. «Ci vediamo a cena.» Spingendo la porta sentì le voci dei ragazzi che parlavano e camminavano nel corridoio, lasciò la stanza. Tutto sembrava normale, per gli altri lo era. Era così che dovevano andare le cose, ma non sarebbero stati tranquilli fino a quando Fratello Renier fosse stato in giro. Rapido, andò verso le scale per poi uscire alla luce del crepuscolo, diretto verso l'edificio dove era situato l'ufficio di Padre Valentin.

C'era poca luce, ma si vedeva comunque a sufficienza. Cercando di restare calmo, Evan aprì la porta del bagno, accese la luce e andò al lavandino per bagnarsi la faccia con dell'acqua fresca. La porta si chiuse di nuovo e si voltò. Era entrato Fratello Renier. «Ti avevo detto che nessuno ti avrebbe creduto,» disse con voce smielata. «Non che sia un problema, visto che sai bene che ti stavo solo dando ciò che volevi, ciò di cui avevi bisogno.» Si avvicinò e all'inizio Evan reagì come aveva sempre fatto. Sapeva cosa sarebbe successo, i muri intorno alla sua mente ricominciarono ad alzarsi come avevano fatto tutte le altre volte. «Ti piace. Dannazione, lo vuoi, e lo voglio anch'io.» Fratello Renier era proprio accanto a lui, talmente vicino da poterne sentire il respiro.

Evan non disse nulla, era come pietrificato. «Inoltre, se saremo solo io e te non avrò bisogno dei tuoi amichetti. Padre Valentin non ti ha creduto e nemmeno loro lo faranno, lo sai.» I muri continuavano a innalzarsi, per un secondo Evan si sentì di nuovo in strada, come se non se ne fosse mai andato. La sua mente sembrava impostata sul pilota automatico. Un'immagine di Frankie apparve nella sua mente per un istante e bastò a riportarlo indietro. I muri si infransero, l'immagine svanì, la difesa fu sostituita da rabbia repressa e frustrazione. Quell'uomo di fronte a lui, quel bastardo si era preso tutto, anche la sua relazione con Padre Valentin. «Non preoccuparti, sarò buono con te,» continuò Fratello Renier, la dolcezza nella sua voce contrastava con lo sguardo quasi selvaggio dei suoi occhi. «Lo vuoi davvero, eh?»

Evan sentì le mani sulle sue spalle, spingendolo in basso, si lasciò spostare, le sue ginocchia si appoggiarono sulle piastrelle. In quel momento il pavimento non era bagnato, non c'erano odori o suoni delle strade. In quel momento, Evan era nel presente. Strinse i denti e si morse il labbro per evitare di ringhiare. Fratello Renier era più grosso e più forte di lui, non poteva affrontarlo direttamente ma quella volta le cose non sarebbero andate allo stesso modo. Non era più un segreto – Clay lo sapeva, anche Padre Valentin, indipendentemente dal fatto che gli credesse o meno. Clay l'avrebbe potuto anche dire agli altri se fosse stato necessario. Il suo migliore amico non l'aveva allontanato e ciò lo aiutava a farsi forza.

Evan vide i pantaloni di fronte a lui aprirsi, quelle parole sdolcinate continuavano. L'aveva fatto molte altre volte e poteva farlo ancora. Ripensò a ciò che provava per Clay ma fece spallucce. Era sempre stato capace di bloccare i propri sentimenti e nasconderli dietro ai muri, ma non quella volta. Si era sempre sentito come un traditore nei confronti di Clay, ora però era agonia bella e buona.

Alzando le mani dal pavimento, ne lasciò scivolare una sull'asta che aveva di fronte, alzando la testa per guardare l'uomo in faccia e accarezzando lentamente. Renier aveva gli occhi vitrei e la testa piegata all'indietro.

«Sai cosa fare,» cantilenò, ed Evan annuì. *Poi lo fece.*

Posando una mano sui testicoli dell'uomo, Evan afferrò, strinse, tirò e strattonò la carne tenera. Chiuse gli occhi fino a quando non sentì l'altro cadere a terra e spingerlo via. Lo lasciò andare e si rimise in piedi e guardò Fratello Renier che si contorceva sul pavimento. Evan tirò su un piede e diede un paio di calci all'uomo per ripicca.

«Mi vendicherò, maledetta puttana!» gli urlò Fratello Renier.

«Come? Dovrai riuscire a spiegare le mie mani sulle tue palle,» disse Evan, dando ancora un calcio all'uomo. «Padre Valentin può non credermi, gli altri ragazzi lo faranno. Forse ti soprannomineremo Fratello Pompino.» Evan arrivò alla porta, sorpreso che nessuno avesse sentito. Tornò un attimo indietro per un ultimo calcio, questa volta sulle mani che coprivano la parte dolorante. Le urla di dolore dell'uomo ricordarono a Evan quelle che urlava nella sua testa ogni volta che era costretto. Non avrebbe dovuto e lo sapeva, ma sentire quel dolore lo fece sentire meglio, si sentì meno in colpa.

Non appena Evan ebbe aperto la porta, i gemiti di Fratello Renier filtrarono nel corridoio per poi essere interrotti una volta chiusa la porta.

«Stai bene?» domandò Clay venendo di corsa verso di lui. «Non tornavi, così ti ho cercato.»

Evan lanciò un'occhiata nella direzione del bagno. «Andiamocene da qui.» Evan cominciò a camminare a grandi passi in direzione dell'entrata accanto al loro dormitorio, si sentiva libero per la prima volta da quando le lezioni erano cominciate due mesi addietro. Una volta fuori, la porta si chiuse fragorosamente alle loro spalle, Evan guardò verso le scale, prese un respiro profondo e si lasciò sfuggire un sospiro.

«Cos'è successo?» gli chiese Clay mentre si dirigevano verso l'altro edificio.

«Sono andato in bagno per calmarmi un po' prima di parlare a Padre Val e Fratello Renier mi ha messo con le spalle al muro.» Evan si interruppe, guardandosi intorno per assicurarsi che non ci fosse nessuno nei dintorni. «Penso che credesse che le cose sarebbero andate come le altre volte, ma questa volta l'ira ha avuto la meglio. Il pensiero di Frankie o di un qualsiasi altro amico con quel mostro in giro...» Deglutì e si fermò sentendo dei passi sulle foglie, aspettando che chiunque fosse se ne andasse.

«Cos'hai fatto?» domandò Clay, Evan lo vide sgranare gli occhi nella luce riflessa.

«Diciamo che penso che se ne resterà calmo per un po'.» Evan emise un risolino che pian piano si trasformò in una grassa risata mentre la tensione lo abbandonava. «Non credo che a Fratello Pompino verrà di nuovo voglia di importunare qualcuno, per un po'.» aggiunse mentre camminava rapido al buio e al freddo. «Dovremmo andare a cena prima che finisca il cibo.»

«Fratello Pompino,» ripeté Clay ridacchiando e dando all'amico gomitate nel fianco. Poi aprì la porta del dormitorio.

Dopo aver cenato e studiato, arrivò presto il momento di spegnere le luci. Dopo essersi lavato, Evan andò a sistemarsi nelle lenzuola pulite. Per qualche ragione sconosciuta, si sentiva altrettanto pulito anche lui.

«Dirai a Padre Val ciò che è successo?» domandò Clay dopo il controllo dei letti.

«Forse un giorno, ma non ora,» rispose Evan nel buio della stanza. «Grazie,» aggiunse dopo aver sistemato la testa sul cuscino.

«Per cosa?»

«Per avermi creduto.» E per altro che Evan non avrebbe saputo spiegare a parole.

«Evan, sei gay?» la voce di Clay sembrava incerta, come se non fosse sicuro di poter chiedere qualcosa del genere.

«Sì,» constatò Evan attendendo la reazione di Clay. Quando aveva sognato quel momento, aveva sempre sperato che Clay gli dicesse che anche lui era gay per poi scivolare nel suo letto e fare l'amore con lui. Dio, era proprio un idiota, anche nelle sue fantasie. «È tutto ok?»

«Certo.» lo sentì dire Evan dall'altro letto. «Sei il mio migliore amico e lo sarai sempre.» Evan liberò il respiro che aveva trattenuto, rilassandosi per poi aspettare che Clay dicesse altro. Avrebbe voluto fare la stessa domanda ma lasciò perdere. Anche se Clay fosse stato gay avrebbe meritato qualcuno di meglio, ad ogni modo. «Buonanotte, Evan. Sei stato un grande.»

«Grazie, Clay, buonanotte,» rispose Evan prima che la stanza sprofondasse nel silenzio.

CAPITOLO
TRE

IL RONZIO del piccolo elicottero sopra la testa lo spinse ad alzare lo sguardo, nel tentativo di localizzare quel giocattolo fastidioso. «Ehi, state attenti. Stavate per regalarmi una nuova pettinatura con quel coso,» disse Evan con un sorriso mentre i suoi amici se la spassavano. Seduto all'ombra di un albero lì vicino, li osservò mentre correvano inseguendo quell'aggeggio infernale. Una volta aveva provato a usarlo e l'avevano quasi perso nell'orto.

Frankie corse da lui, sorridendo come al solito. «Riesci a crederci? Dex mi ha detto che posso tenere l'elicottero.» Il ragazzo più giovane aveva ancora un anno davanti a sé, Evan pensava che non fosse molto contento di vedere tutti i suoi amici diplomarsi. Erano stati inseparabili per almeno tre anni. «Mi mancherete tutti il prossimo anno,» confessò a Evan guardandolo scavare un buco nell'erba con il piede.

«Ci vedremo ancora, lo sai,» replicò Evan sorridente, sapendo esattamente come si sentiva l'altro. Balzando in avanti, Evan lo strinse in un abbraccio spingendolo sull'erba. I due cominciarono a fare la lotta sull'erba, ridendo di gusto.

Dopo l'abuso subito da Fratello Renier, per molto tempo per Evan era stato difficile essere se stesso. Per mesi si era ritrovato a esaminare ogni sguardo, ogni tocco che riceveva da insegnanti o fratelli. Erano serviti tempo e supporto da parte dei suoi amici, che erano riusciti a farsi raccontare la storia, ma era riuscito a tornare alla normalità e a divertirsi di nuovo senza preoccuparsi per ogni singola cosa.

Fratello Renier aveva camminato in maniera buffa per settimane, alla fine del semestre aveva annunciato di lasciare la scuola. Nessuno aveva pianto una lacrima, tanto meno Evan. In una comunità ristretta e così unita, i segreti non rimanevano tali a lungo, così erano cominciati a girare pettegolezzi sul perché della partenza di Fratello Renier. Non si conoscevano i dettagli, ma dopotutto non erano necessari. L'importante era che Fratello Pompino, come Clay era solito chiamarlo, se ne fosse andato e non avesse intenzione di tornare. L'unica conseguenza che aveva avuto l'avvenimento per Evan era stata quella di renderlo molto più forte e fiducioso in se stesso. Sapeva di poter affrontare qualsiasi cosa, ormai.

Frankie smise di lottare ed Evan si riposò a terra. Entrambi ansimavano con un ampio sorriso sul volto. «Stai diventando più forte,» disse Evan all'amico. «Il prossimo anno potrai spadroneggiare.»

«Preferirei andare al college con tutti voi piuttosto che restare qui da solo,» replicò Frankie, prendendo un filo d'erba mentre Dex faceva ronzare l'elicottero sopra le loro teste. Evan si gettò a terra per ripararsi e gli altri scoppiarono a ridere. «Hai deciso cosa fare dopo il diploma?» domandò Frankie dopo il passaggio dell'elicottero. «Ho sentito che sei stato preso in un sacco di college.»

«Sì, beh, però non importa. Non posso permettermene nessuno, quindi immagino che dovrò cercarmi un lavoro. Padre Val mi ha detto che posso restare qui durante l'estate prima che arrivino i nuovi studenti, ma credo che sia giunto il momento per andarmene. Sono stato qui per quasi tre anni e dubito di cambiare idea prima della fine dell'estate. Uno dei fratelli mi ha chiesto se fossi interessato a unirmi all'ordine, ma no. Sono gay, l'ultima cosa di cui hanno bisogno è una persona che usa l'ordine per nascondersi.»

«Sei gay?» chiese Frankie con finta indignazione e un gesto volgare della mano, che li fece finire a ridere di nuovo. Evan aveva detto a tutti i suoi amici di essere omosessuale poco dopo l'incidente con Fratello Renier, ma non voleva che si sapesse troppo in giro, e loro avevano rispettato la sua privacy. Una volta l'aveva detto a Padre Valentin, visto che l'avrebbe saputo comunque, sembrava la cosa giusta da fare. Lui e Padre Valentin si erano un po' allontanati, Evan ne sapeva la causa. Non aveva perdonato il prete per non avergli creduto. Sapeva che avrebbe dovuto farlo, ci aveva pensato spesso. Pochi mesi prima aveva capito che la rabbia e la frustrazione che provava nei confronti dell'uomo erano quasi svaniti. Forse era il momento giusto, nonostante tutto.

Ovviamente Clay sapeva già dell'omosessualità di Evan, il loro rapporto non era cambiato minimamente. La loro amicizia era più forte che mai, con grande sollievo di Evan. Il ragazzo sapeva di essere ancora innamorato del suo amico, ma teneva tutto per sé. I suoi sentimenti erano confinati nel profondo e li lasciava liberi solo quando era solo o addormentato. I suoi sogni erano spesso visitati dal bellissimo compagno di stanza, ma restavano tali: sogni. «Sei la prima persona gay che io abbia mai conosciuto,» disse Frankie tirando fuori Evan dai suoi pensieri.

«No, non lo sono. Sono la prima con cui puoi parlarne,» lo corresse Evan. «Probabilmente hai conosciuto un sacco di persone gay, ma non potevi saperlo, e va bene così. Dovresti trattare tutti allo stesso modo.»

«Lo so,» aggiunse Frankie, per poi chiedere, «ma come sai di essere gay?»

«Non lo so. Tu come sai di essere etero?» Evan diede una gomitata all'amico, chiedendosi da dove gli venisse una domanda del genere. «Penso che dipenda da chi ti piace. A me piacciono i ragazzi invece delle ragazze. È parte di chi sono.» Evan alzò lo sguardo e vide Clay prendere il controllo dell'elicottero. «Perché?»

«Sono solo curioso, credo.»

Evan si sporse verso di lui e gli fece l'occhiolino. «C'è qualcosa che vorresti dirmi?» Subito Frankie sembrò sicoccato e poi si riprese colpendo l'amico sulla spalla e scoppiando a ridere.

«No, mi piacciono le ragazze,» rispose Frankie alzandosi.

«Ok, stavo solo controllando,» disse Evan mentre l'altro si dirigeva verso gli amici che manovravano l'elicottero. C'erano alcune certezze piacevoli nella vita di Evan, avere dei buoni amici come Frankie era una di quelle. L'elicottero si avvicinò e Evan cercò di scacciarlo con poco entusiasmo, osservando l'espressione felice sul volto di Clay. Clay era proprio la persona che gli sarebbe mancata di più. Anche mettendo da parte i sentimenti che provava per lui, avevano diviso una camera, lo spazio vitale, per quasi tre anni. Prendere strade diverse sarebbe stato come lasciare andare una parte di se stesso. Si era scervellato cercando di capire come poter andare con lui. Clay sarebbe andato al college ed Evan aveva fatto domanda di ammissione nello stesso posto. Era stato accettato, ma anche se avesse avuto i soldi, quella scuola non offriva ciò che gli sarebbe piaciuto davvero. Clay voleva diventare un avvocato, non aveva dubbi al riguardo. Suo padre e suo nonno erano stati avvocati di successo, Clay era deciso a seguire le loro orme. Quanto accaduto tra Fratello Renier ed Evan aveva rafforzato quell'ambizione.

«Ehi, perché stai seduto qui tutto solo?» domandò Clay comparendogli accanto e lasciandosi cadere sull'erba.

«Sto riflettendo, direi.»

«So che sei preoccupato, ma le cose si sistemeranno. Padre Val non ti butterà fuori, lo sai,» gli ricordò Clay, «malgrado tutto ciò che è successo.»

«Lo so. È dura sapere di non avere un gran futuro.» Evan guardò gli altri ragazzi. «Sono un po' dispiaciuto, ecco. Non ti preoccupare, tra qualche anno mi passerà.» Clay lo tirò a sé e dopo poco Evan sentì delle nocche strofinate sulla testa.

«Sei proprio uno stupido,» lo provocò Clay, lasciandolo andare. «Hai un futuro, devi solo trovarlo.»

«Avrei solo voluto sapere qualcosa riguardo quelle borse di studio. Ho avuto un sacco di lettere che mi dicevano che ero nel gruppo finale ma non ho saputo altro. Ho anche pensato di arruolarmi nell'aviazione militare, loro potrebbero pagarmi il college. Ma conosci me e la mia bocca larga, finirei per dirlo a qualcuno e mi butterebbero fuori.» Evan fece un sorriso forzato. Tutti gli altri studenti sarebbero andati a casa dalla famiglia per un'ultima estate prima di andare al college.

«Starai bene,» lo incoraggiò Clay. «Sei la persona più forte che conosca e vedrai che se è destino farai succedere qualcosa.»

«Grazie, ne avevo bisogno,» disse Evan. Pensò di essersi lamentato a sufficienza. Era sopravvissuto alle strade e aveva affrontato Fratello Renier, poteva fare qualsiasi cosa. L'indomani avrebbe capito tutto, ma quel giorno c'era il diploma e il loro ultimo giorno insieme prima che tutti se ne andassero e tutto cambiasse. Si alzò, aiutò Clay a tirarsi su e si unirono agli altri.

«Evan,» lo chiamò Dex riprendendosi i controlli dell'elicottero, «lieto che tu abbia deciso di unirti a noi.» Dex si voltò e cominciò a seguire la macchina volante, cercando di fare del suo meglio per non farla finire negli alberi. «Ti avrei chiesto di pilotarlo, ma non potremmo sprecare la giornata cercandolo.»

«Simpaticone,» ribatté Evan, pur sapendo che Dex aveva ragione. Probabilmente non l'avrebbero mai più trovato se lui l'avesse pilotato di nuovo.

Tutti loro si erano avvicinati sempre di più. L'estate precedente Evan era stato sia con la famiglia di Clay che con quella di Dex. I genitori e le sorelle di Clay erano stati molto calorosi nei suoi confronti, facendolo sentire il benvenuto nella loro bella casa vicino a Green Bay, a solo un'ora dalla scuola. La famiglia di Dex viveva fuori Detroit, era stato invitato per una settimana. Dex gli aveva mandato anche un biglietto per l'aereo. Evan sapeva che i genitori del ragazzo erano piuttosto ricchi, ma non si era reso conto della cosa fino a quando non era stato portato nella casa più grande che avesse mai visto. La villa era imponente. Dex aveva spiegato che era stata costruita da suo nonno, che aveva dato vita al business di famiglia fornendo parti per la nascente industria delle auto, poi si erano espansi sempre più.

«Non lasciarti impressionare, siamo gente normale,» gli aveva detto Dex vedendo che la mascella di Evan era finita a terra mentre la macchina li trasportava all'interno della villa, oltrepassando una grande fontana e dei terreni curati. «Non devi essere nervoso, mia mamma ti adorerà,» aggiunse Dex. «I miei sono piuttosto fighi, nel complesso.»

Era stata una visita molto piacevole. Il padre di Dex si era rivelato essere un uomo gioviale che lavorava un sacco ma che, quando era a casa, amava passare il tempo con tutta la famiglia. Il sabato lui li portò tutti a fare una gita in barca al Lago Huron. Evan non avrebbe mai dimenticato il modo in cui la barca a vela solcava l'acqua come se fosse parte dell'aria. Lui e Dex si erano arrampicati sulla prua e avevano fatto come in Titanic. Era stato divertentissimo e di cattivo gusto.

«Resterai qui quest'estate?» gli domandò Dex riportandolo al presente. Si ritrovava spesso a pensare ai momenti divertenti trascorsi con gli amici, come se avesse avuto paura di dimenticarli.

«Non so cosa farò,» rispose Evan. «Mi piacerebbe fare qualcosa con i computer. Aiutare Gerhardt con il progetto della rete per la scuola è stato davvero figo.» La scorsa estate, la scuola aveva deciso che era giunto il momento di aggiornare i loro corsi e di informatizzarsi. Evan aveva lavorato con il professor Gerhardt nella progettazione e nell'installazione della rete di computer. Più e più volte, Evan aveva capito che i numeri gli risultavano chiarissimi da capire a un livello quasi istintivo. Era felice di poter aiutare in qualche modo la scuola, visto che quel posto gli aveva dato molto.

Dex gli fece un sorriso furbetto mentre faceva atterrare l'elicottero sull'erba, poi guardò l'orologio. «Il pranzo dovrebbe essere pronto a minuti,» disse Dex avvicinandosi all'aggeggio. Lo raccolse e lo diede a Frankie insieme ai controlli. Quest'ultimo guardò Dex estasiato.

«Grazie, Dex.»

«Prego, Frankster,» lo provocò Dex ottenendo una breve occhiataccia da parte degli amici per poi tornare a sorridere come al solito. Evan osservò Frankie mentre trasportava il suo regalo per il prato, attese un attimo Clay ed entrò.

Sì, Evan era stato felice alla St. Bart. La maggior parte del tempo passato lì era stata proficua, ora però sarebbe cambiato tutto. Il mondo esterno lo stava chiamando e non poteva ignorare quella chiamata.

Nella loro camera, lui e Clay si guardarono intorno. Gli scatoloni erano già pronti in uno degli angoli. La maggior parte di esse apparteneva a Clay, Evan aveva ben poche cose da portare via. Aveva accumulato qualcosa ma non c'era molto da portare con sé. Le foto che avevano appiccicato ai muri erano state tolte, anche i libri non c'erano più. La scrivania era vuota, come già in attesa degli studenti dell'anno successivo. Evan capì di aver paura, di nuovo, e cercò di non pensarci. Guardò il letto e strizzò gli occhi guardando la busta accanto al cuscino. Evan la raccolse, aprì la carta e vi trovò una lettera all'interno. Guardando Clay, il ragazzo sorrise e chiese, «Da dove viene questa?»

«Stamattina Padre Val mi ha chiesto di dartela,» disse Clay ricambiando il sorriso. «Non l'ho aperta, però,» aggiunse. Evan lo sentì avvicinarsi. Ogni volta che erano lì in camera, il suo corpo sembrava sapere istintivamente dov'era Clay, anche al buio e al silenzio.

«È una borsa di studio da parte dell'ordine. Mi hanno premiato con duemila dollari all'anno per i prossimi quattro anni, saranno usati per pagare la retta.» Evan guardò Clay, esultanza e confusione lottavano per avere la meglio. «Non ho mai fatto domanda. Non sapevo neanche che esistesse.» Evan si rigirò la lettera tra le mani cercando altro, ma non trovò niente oltre ai fogli da completare e consegnare. «Chi...?» cominciò a dire, come se avesse pensato a voce alta.

«Chi credi che sia stato?» rispose Clay. Evan sentì i fogli scivolargli dalle mani e cadere a terra, così si affrettò per raccoglierli cercando di nascondere la sorpresa. «Evan, Padre Val tiene moltissimo a te. Chiunque se ne può accorgere. Non ti ha creduto, lo so, ma ti ha portato qui e si è preso cura di te per anni,» gli fece notare Clay mentre Evan fissava le pagine. «Forse dovresti fare pace con lui prima di andartene.»

Il ragazzo aveva ragione ed Evan lo sapeva, ma non aveva idea cosa dire all'uomo che considerava come un padre. «Non so se posso. Le cose che gli ho urlato erano terribili.»

Clay non disse nulla. Si limitò a guardarlo in quel modo, per un istante Evan lo vide in un'aula al tribunale, come se quell'occhiata fosse per un testimone ostile.

«Va bene,» acconsentì Evan. «Gli parlerò, ma dopo pranzo. Il mio stomaco potrebbe cominciare a digerire se stesso,» disse per poi aggiungere, «Mangerò volentieri perfino ciò che cucinano le suore.» Entrambi risero. Il cibo della scuola era molto discusso. Le suore che cucinavano erano simpatiche e ben intenzionate, ma alcune delle cose che preparavano erano quasi immangiabili. Il latte e le verdure erano spesso portate o donate da fattorie od orti della zona, quindi erano sempre deliziosi. Ma a volte...

«Non sentirò la mancanza del burro d'arachidi delle suore.» disse Clay mentre si dirigevano verso la mensa. Nel tentativo di allungare il burro d'arachidi, le suore avevano aggiunto dell'olio e l'avevano mescolato. Il risultato era stato terribile.

«E che mi dici della sorpresa delle suore?» domandò Evan ridacchiando mentre Clay rabbrividiva per l'aria fresca. «Non sai mai che cosa potrebbero metterti in casseruola. A volte non è neanche tanto male...»

«E a volte avresti preferito mangiare il piatto,» conclusero insieme mentre Evan apriva la porta. All'interno, il profumo era molto invitante- Evan sentì brontolare lo stomaco, si mise in fila e prese un vassoio. Prese da mangiare per poi andare al loro tavolo. Quel gruppo di amici aveva mangiato ogni pasto allo stesso tavolo da quando era arrivato a scuola. Le voci nella sala erano le solite ma a Evan sembravano diverse, più musicali, visto che le stava sentendo per l'ultima volta. La conversazione a pranzo fu incentrata su ciò che avrebbero voluto fare durante l'estate. Evan raccontò della borsa di studio che aveva ricevuto, Clay e Dex si scambiarono un'occhiata consapevole ma non dissero nulla. Avevano qualcosa in mente ma era troppo presto per scoprirlo.

Frankie fu il primo ad alzarsi visto che sarebbero stati i ragazzi del penultimo anno a iniziare la cerimonia. Le matricole e gli studenti del secondo anno se ne erano già andati quando le lezioni si erano concluse, una settimana prima. Presto la stanza si svuotò ed Evan vide solo gli studenti più anziani indugiare. «I genitori arriveranno presto,» disse Clay. «Se vuoi parlare con Padre Val, dovresti farlo ora.» Evan deglutì e andò a svuotare il vassoio, mettendo i piatti nella bacinella prima di salutare.

Qualche minuto dopo era davanti alla porta dell'ufficio di Padre Val e bussò debolmente. «Entra,» sentì dire dall'interno, e spinse la porta. Non era stato lì da quando... Evan si impedì di pensarci, altrimenti non avrebbe mai avuto la forza di dire ciò che doveva dire.

«Evan,» disse Padre Val sorridendo, «lieto che tu ti sia fermato.»

«Ho pensato che ci fossero delle cose di cui parlare prima di andarmene,» disse Evan spostando lentamente il peso da un piede all'altro. L'ufficio sembrava essere il solito, la Bibbia era tornata al suo solito posto sull'angolo del tavolo, l'ultima volta Evan l'aveva vista sul pavimento dopo averla gettata.

«Sì, credo che tu abbia ragione» commentò Padre Val prima di muoversi verso le sedie. Evan si sedette e osservò il prete fare altrettanto. «So che pensi che non ti abbia creduto quando mi hai detto di Fratello Renier e, sinceramente, non riuscirei a dirti ciò che ho pensato in quel momento.» Evan aprì la bocca ma l'uomo alzò la mano e lui la chiuse di nuovo. «Tutto ciò che posso dirti è che credo che nessuno come lui dovrebbe insegnare alla mia scuola.» Padre Val sospirò. «Mi rendo conto d'aver lasciato che il tuo passato condizionasse il mio pensiero e per questo ti chiedo scusa. Non ci sono giustificazioni al comportamento di Fratello Renier, e francamente...» disse con lo sguardo rivolto al soffitto, «nel mio cuore so che non hai fatto niente di male. Ho il dovere di prendermi cura di voi ragazzi.»

«Fa male, molto,» disse Evan a voce bassa. Parte del dolore e dell'umiliazione si stavano facendo risentire. «Cosa ti ha fatto capire ciò che stava succedendo?»

Padre Val si spostò sulla sedia, imbarazzato. «Ciò che si rivela durante la confessione è sacro ma non è detto che non ci debbano essere conseguenze. Posso solo dirti che non eri solo.» L'uomo deglutì a fatica. «Avrei solo voluto poterti aiutare ad affrontare la cosa.»

«Ho dei buoni amici che mi sono stati vicini. Mi hanno tirato fuori.» Non passava un giorno senza che si sentisse grato nei confronti di Frankie, Dex, Clay e Wilbur. Lo avevano aiutato.

«Cambiando discorso, volevo ringraziarti per la borsa di studio.»

Padre Val scosse lievemente la testa. «Te la sei guadagnata. Io ho mandato il modulo ma la commissione del governo ha premiato te. Non ho avuto la benché minima influenza.» Il prete sembrava molto compiaciuto. «Tu eri... sei,» si corresse, «un ottimo studente con un radioso futuro davanti. Non dubitarne mai. Hai sempre lavorato duro e meritato tutto ciò che hai avuto e non solo.» Padre Val si sedette di nuovo, la sedia era diventata più comoda ora che l'argomento era cambiato. «Hai già scelto in che scuola andare?»

«Non proprio. Anche con la borsa di studio, non vedo come potrei permettermelo.»

«Ci sono prestiti e sovvenzioni per cui sei qualificato. So che hai fatto domanda. Il problema è: devi decidere dove andare e tutto andrà bene, credimi. Le menti dotate come la tua non sono molto comuni. Sarò qui, quando avrai bisogno di me. Solo perché te ne stai andando non significa che non sarò qui per te.»

Evan deglutì cercando di scacciare il groppo che sentiva in gola. Aveva sprecato molto tempo sentendosi tradito e aveva perso l'occasione per stare con un uomo più speciale di quanto avesse creduto. «Posso fare una domanda?» chiese Evan, e Padre Val annuì lentamente. «Perché io? Ci sono tante persone che hanno bisogno di aiuto. Perché hai scelto me quel giorno di inverno?»

Sul volto di Padre Val comparve un sorriso innocente mentre si sporgeva in avanti. «Non l'ho fatto.» L'uomo restò in silenzio lasciando che il messaggio venisse recepito. «Non dovevo essere in quella parte della città. Non ci ero mai stato prima e non ci sono più stato da allora. È vicino al posto dove prendiamo le provviste per la scuola ma non so dirti come io possa essere finito lì. Mi sono solo trovato lì e ti ho visto.» Padre Val alzò le mani allo stesso modo in cui le alzava alla fine della messa, quando diceva l'ultimo *Rendiamo grazie a Dio.* «Dovresti prepararti,» disse, abbassando le mani. «La cerimonia comincerà tra poche ore.»

Evan si alzò, Padre Val fece altrettanto e porse la mano al ragazzo. Lui la ignorò, abbracciando l'uomo che l'aveva tolto dalla strada e che gli aveva dato la possibilità di vivere. «C'è ancora una cosa che devo fare.» disse Evan. Padre Val annuì. Lentamente, Evan si mise in ginocchio. «Perdonami, Padre, perché ho peccato...» Evan gli disse tutto, cominciando dall'abuso. Raccontò quanto a lungo era durato, gli disse delle sue paure e anche di ciò che aveva fatto a Fratello Renier, oltre a tutto ciò che avrebbe dovuto confessare tempo prima. Alla fine, sentì le mani di Padre Val sulla testa e lo sentì mormorare le parole di perdono prima di rimettersi in piedi.

«Sento che non mi hai detto tutto,» disse Padre Val con dolcezza.

«No, ma per questo vorrei un tuo consiglio, non quello del prete.» Evan glielo disse, sperando che Padre Val lo potesse capire. «C'è qualcuno che credo di amare. Il problema è che non gliel'ho mai detto e non so ciò che prova nei miei confronti, ora che è arrivato il momento di partire non so cosa devo fare. Cavolo, Padre Val, non so nemmeno se anche lui è gay.»

Padre Val annuì lentamente. «Evan, hai diciott'anni. So che queste cose ti sembrano tanto importanti al momento, ma hai una vita davanti a te. Le cose potrebbero cambiare visto che entrambi crescerete.

Il mio consiglio è di lasciare le cose come stanno. Nel mio cuore sento che se è così che le cose dovranno andare, tu e Clay riuscirete a ritrovarvi.»

Evan boccheggiò, Padre Val si limitò a dargli una pacca sulla spalla. «Sono un prete ma non significa che sia cieco. Quando avevo la tua età mi ero innamorato. So come ci si sente, ma per me le cose sono cambiate e probabilmente cambieranno anche per te. Hai tutta la vita davanti. Assaporala, goditela. Conoscerai tantissime persone e imparerai più cose di quanto tu possa immaginare.» Evan sentì Padre Val stringergli lievemente la spalla prima di lasciar cadere la mano e sospirare. «Hai una vita da vivere, quindi credo che sia arrivato il momento del diploma.»

Evan concordò in silenzio e si diresse verso la porta. «Ci rivedremo tra poco,» disse il ragazzo sforzandosi di sorridere prima di aprire la porta. Una volta chiusa alle spalle, si ritrovò a sorridere di gusto, il suo cuore e il suo spirito parvero più leggeri mentre tornava al dormitorio.

«Evan!» Non riconobbe subito quella voce. Si voltò e vide Dex e i suoi genitori dirigersi verso di lui, con la madre di Dex in testa al gruppetto. La donna lo strinse a sé. «Oggi è un gran giorno per te.» Senza aspettarlo, lei portò il gruppo verso il dormitorio. «Cosa stai aspettando?» Evan guardò Dex e l'altro ricambiò lo sguardo, altrettanto confuso. «Pensi che vi lascerò diplomare senza assicurarmi che siate vestiti in maniera adeguata? Io non credo proprio.» Si voltò e continuò a camminare. «Ragazzi!» chiamò. Entrambi scattarono in maniera teatrale, divertendo tutti i presenti.

Venti minuti dopo, la signora Dexter – il vero nome di Dex era Myron, non c'era da meravigliarsi che lo chiamassero Dex – era riuscita a far indossare loro le vesti da diplomati e stava controllando ogni dettaglio nella stanza di Evan. Anche Clay stava subendo lo stesso trattamento, quando qualcuno bussò alla porta.

«Marilyn, posso parlare con Evan per un minuto?» domandò il padre di Dex entrando nella stanza.

«Certo, abbiamo finito qui, a ogni modo. Incontriamoci fuori.» Con un ultimo turbinio di Chanel lasciò la stanza e fece l'occhiolino a Evan per qualche strana ragione. Tutti gli altri la seguirono fuori.

«Figliolo, quando Dex mi ha detto quanto tu abbia aiutato nella costruzione della rete scolastica, non riuscivo quasi a crederci. Eppure, ho incontrato il tuo insegnante di matematica e mi ha assicurato che era tutto vero. Come uno studente del liceo possa fare qualcosa del genere va oltre la mia comprensione, ma mi hanno assicurato che è tutto vero.»

«È come se i numeri mi parlassero, signore,» disse Evan, nervoso.

«Mi pare ovvio. Sono qui perché vorrei offrirti un lavoro estivo come tirocinante nel nostro reparto informatico. Dex mi ha detto che non eri sicuro riguardo a cosa fare dopo il diploma. Ho anche contattato alcuni amici in uffici d'ammissione e società professionali, ci saranno un po' di soldi per la scuola in arrivo per te – abbastanza da permetterti di frequentare il college che preferisci, e durante l'estate avrai un lavoro.»

«Non capisco,» disse Evan.

«Figliolo, anni fa ho frequentato la St. Bart proprio come Dex, spero che suo figlio faccia altrettanto. Non è solo per l'educazione, qui si trovano anche amici che ti accompagneranno per il resto della vita. Sono stato il testimone di nozze del mio compagno di stanza, l'anno scorso lui e sua moglie si sono uniti a noi in una crociera alle Bahamas. I rapporti che nascono qui possono durare una vita, proprio come quelli tra fratelli. E i fratelli si aiutano.»

Evan era rimasto senza parole.

«Nel caso tu te lo stia chiedendo, non è carità. Te lo sei guadagnato con il tuo lavoro duro e il tuo potenziale. Ti ho solo fatto notare da chi potrebbe aiutarti.» Dopo una pacca sulla spalla, il signor Dexter aprì la porta e Dex e Clay si precipitarono all'interno.

«Avete origliato?» domandò Evan con un sorriso mentre i suoi due amici esultavano insieme a lui. «Beh, sembra proprio che riuscirò ad andare al college, dopotutto!» urlò il ragazzo cominciando a saltellare.

«Non fate tardi, ragazzi,» disse il signor Dexter. «La cerimonia comincerà tra dieci minuti.» Chiuse la porta e tutti continuarono a festeggiare.

«Avremmo voluto fartelo sapere da una settimana,» disse Dex una volta calmatosi, «ma papà voleva dirtelo di persona!»

Presero i cappelli e si assicurarono che le vesti fossero a posto, poi uscirono nel corridoio, raggiunti quasi subito da Pete, Wilbur e Patrick. Tutti loro camminarono verso il punto di incontro designato in una delle classi, dove si misero in fila aspettando l'inizio della cerimonia.

La musica cominciò a suonare e la sentirono grazie alla finestra aperta. Lentamente si diressero fuori dall'edificio, lungo il marciapiede e infine nella cappella, proseguirono nella navata centrale fino ad arrivare alle panchine frontali. Padre Val sembrava piuttosto sereno nella sua veste fluttuante, accanto a lui c'era il vescovo con il suo bastone e il cappello ricamato. Dopo la messa, si spostarono nell'auditorium per i Baccellierati e per i diplomi. Evan non prestò molto caso alla cerimonia, la sua mente stava ancora cercando di elaborare la novità comunicatagli dal signor Dexter. Si guardò intorno e vedendo tutti riuniti, amici e insegnanti, capì di essere benedetto, davvero benedetto, visto che era parte di quel posto e della gente che ci aveva vissuto. Spostando lo sguardo, vide Padre Valentin ricambiare il suo sorriso.

Uno a uno furono presentati e salirono sui gradini del palco per ricevere i loro diplomi e stringere la mano sia a Padre Val che al vescovo prima di scendere e andare a sedersi. Alla fine della cerimonia, invece di lanciare in aria i cappelli, la banda cominciò a suonare e tutti si alzarono, cominciando a cantare l'inno della scuola come avevano fatto ogni giorno alla fine della messa. A quel punto, in un mare di abbracci e sorrisi, tutti si diressero verso le macchine. Alcuni stavano già andando a casa mentre altri, come lui, Clay e Dex, sarebbero andati a cena con i genitori per celebrare l'avvenimento per poi tornare a scuola e trascorrere l'ultima notte in quel posto.

Pieni da scoppiare, loro tre uscirono dalla macchina, un po' camminando e un po' dondolando verso la porta del dormitorio. «Torneremo domani mattina alle nove per portarvi a fare colazione.» disse la signora Dexter con un saluto della mano prima di alzare il finestrino e portare la macchina via dal parcheggio della scuola.

«Non riesco a credere che tua madre e tuo padre mi abbiano offerto una stanza da voi per l'estate,» disse Evan a Dex, chiedendosi come sarebbe stato passare una stagione intera in quell'enorme casa. Si sarebbe abituato a essere viziato prima dell'arrivo dell'autunno.

«Non c'è problema, mamma adora avere gente a casa e c'è un sacco di spazio. Inoltre,» disse Dex voltandosi verso Clay, «quando verrai a trovarci possiamo andare in barca tutti e tre, sarà fantastico.» Dex sorrise eccitato, Evan riusciva a malapena a controllarsi. Ancora una volta, tutto nella sua vita sembrava essere cambiato in un giorno solo. Quel mattino si stava chiedendo che cosa avrebbe fatto dopo il diploma, dove sarebbe andato a vivere, non sapeva se sarebbe stato possibile andare al college o meno, ora invece stava andando a letto con borsa di studio, un lavoro estivo e un posto dove vivere. Senza pensarci troppo, stritolò Dex in un abbraccio per poi lasciarlo andare e fare altrettanto con Clay. Bastò qualche istante per sentire il calore di Clay sul corpo attraverso i vestiti, il suo fisico reagì istantaneamente. Ci volle invece qualche secondo in più prima di realizzare d'avere le parti intime premute sul fianco di Clay, il suo amico lo doveva avere sentito.

Tirandosi indietro un po' troppo in fretta guardò Clay sperando che non avesse notato nulla, il suo volto non tradiva alcuna reazione. Cercando di riprendere il controllo, Evan si sforzò di sorridere e continuò a camminare verso il dormitorio, incolpando se stesso nel mentre. Non poteva mostrare ciò che sentiva. In quel momento, le fantasie su Clay erano tali ed erano tutto ciò che aveva. Evan poteva convivere con tutto quanto, ma quello che non avrebbe sopportato era un rifiuto da parte del compagno di stanza. Fino a quando poteva lasciarsi andare e fantasticare un po', avrebbe avuto almeno un briciolo di speranza.

«Ragazzi, che ne dite di abbuffarsi un po' in camera mia?» domandò Dex una volta chiusa la porta alle loro spalle.

Evan non era sicuro di riuscire a mangiare ancora qualcosa, avrebbe preferito tornare in camera per essere lasciato solo con i suoi pensieri e le sue sensazioni almeno per un po'. Guardò Clay e attese la sua risposta per capire il da farsi. «Sono talmente pieno che riesco a malapena a muovermi,» disse Clay. «Ci vediamo domani mattina.»

Dex si voltò verso Evan, quest'ultimo annuì e ripeté, «Ci vediamo domani mattina.» Osservò Dex dirigersi verso la sua stanza e chiudere la porta mentre lui e Clay si dirigevano verso la loro camera.

Evan prese il necessario dalla cassettiera e uscì per andare in bagno. Intorno regnava il silenzio, la maggior parte delle stanze al loro piano era vuota. Si lavò in fretta e tornò in camera, dove finì di prepararsi per la notte. Scivolò sotto alle coperte mentre l'altro era ancora in bagno. Le luci erano spente, vide la porta aprirsi, entrò la luce dal corridoio fino a quando Clay non ebbe chiuso. Evan sentì il compagno di stanza spogliarsi nell'oscurità, sapendo ciò che avrebbe visto una volta accesa la luce. Nel corso degli anni aveva visto Clay nudo a sufficienza per ricordarsi la pelle ambrata, le fossette dei suoi fianchi che sembravano indicare la strada per il suo sesso, le sue gambe quando si piegava verso qualcosa e ovviamente il suo sedere, che aveva visto quando si cambiava la biancheria. Tutto ciò si ripeteva nella sua testa mentre Clay si muoveva nella stanza.

Poi a un certo punto ci fu silenzio, nessun movimento. Evan non avrebbe nemmeno saputo dire dove si trovasse, nonostante di solito non fosse un problema capirlo. Sembrava che il suo corpo avesse un Clay-detector, ma in quel momento non funzionava. Si sentì uno scricchiolio sul pavimento e poi nulla, Evan sforzò gli occhi cercando di vedere qualcosa nell'oscurità quasi totale. Pensò di poter distinguere la sagoma di Clay accanto ai piedi del suo letto, ma non poteva esserne certo. Il ragazzo quasi sobbalzò quando sentì un peso al fondo del letto.

«Evan,» disse Clay con voce bassa e profonda, «sei ancora sveglio?»

Evan annuì, non voleva infrangere l'incantesimo che sembrava aver colpito il suo compagno di stanza. Probabilmente stava sognando. In qualche modo, Evan doveva essersi addormentato, perché sentì Clay avvicinarsi a lui. Trattenne il fiato, volendo vedere cosa sarebbe accaduto. Il peso continuò a spostarsi, si stava avvicinando. Evan poteva quasi sentire il proprio respiro riecheggiare in testa. «Clay.» sospirò con dolcezza e poi sentì un respiro caldo sul volto. Chiudendo gli occhi, Evan dischiuse le labbra e quelle di Clay le toccarono appena. Non osava muoversi, poi sentì l'altro approfondire il bacio. Solo a quel punto autorizzò la propria mente a pensare che tutto ciò fosse reale. Aveva immaginato scene del genere molte volte, il suo cervello poteva ingannarlo in qualche modo.

«Ev,» sentì sussurrare Clay, «Va tutto bene?»

Va tutto bene? Avrebbe voluto urlare al mondo che andava tutto meravigliosamente bene. Aveva la bocca secca, deglutì e provò a parlare, ma sembrava essere diventato muto. Alzò la mano e la fece scivolare dietro al collo di Clay, riportando le loro labbra a contatto. L'aveva voluto con tutto se stesso per anni e fino ad allora non avrebbe mai pensato che anche l'altro potesse volerlo. «Clay,» lo chiamò a voce bassa allontanando le labbra, «non dovremmo... intendo che *io* non dovrei...»

Evan sentì Clay irrigidirsi di colpo. «Oh, va bene.» Poi sentì il peso dell'altro cominciare a lasciare il letto, così gli afferrò un braccio.

«Non intendevo questo.» Evan stava trattenendo quel braccio come se fosse stata la via per tutto ciò che aveva sognato in una vita intera. «Non vado abbastanza bene per te. Tu meriti più di me.»

Clay si fermò ed Evan lo vide guardare verso di lui. «Perché? Perché non dovresti essere abbastanza per me? So che c'è qualcosa di cui hai paura, lo vedo ogni volta che qualcuno ti chiede informazioni sulla tua vita prima dell'arrivo al St. Bart.»

Dannazione, quest'uomo diventerà un ottimo avvocato. pensò Evan.

«Non capisco cosa possa essere tanto terribile da spingerti a tenerlo nascosto a me e ai tuoi amici.»

«So che non capisci,» rispose Evan, poi tirò gentilmente Clay di nuovo verso di sé, non voleva lasciarlo andare o il ragazzo dei suoi sogni si sarebbe potuto allontanare per sempre. Sarebbe successo comunque l'indomani, ma non voleva che accadesse prima del dovuto. «Ed è difficile per me parlarne, ma fidati. Non vado bene per te.»

Evan sentì cambiare il peso sul letto, per un istante pensò che Clay se ne stesse andando, ma lentamente percepì l'altro avvicinarsi a lui. «Perché non lasci che sia io a decidere?» Clay si avvicinò ancora di più sistemandoglisi proprio accanto. Evan poteva sentire l'odore speziato della sua pelle per quanto il ragazzo era vicino.

Evan deglutì. «I miei genitori sono morti mesi prima del mio arrivo.»

«Mi ricordo il giorno del tuo arrivo. Sembravi spaventato, come se fossi arrivato da un altro mondo,» disse Clay, Evan poté quasi sentire il sorriso sul suo volto.

«Era così, Clay. I miei genitori non avevano molto, quando morirono in un incidente mi ritrovai senza nulla. Pochi giorni dopo sono stato portato via dall'appartamento e sbattuto con un branco di estranei. Credo che loro abbiano provato davvero a prendersi cura di me, ma non riesco a ricordare molto al riguardo, ormai, eccetto il fatto che non fossero i miei genitori. La contea aveva organizzato una sorta di funerale per mia madre e mio padre, e dopo i miei genitori adottivi mi hanno portato a casa. Non ho parlato a nessuno per giorni e mangiavo pochissimo. Tutto ciò che ricordo era quello che avrei voluto: avrei voluto essere portato via anch'io dall'incidente, con loro.»

«Sono stati loro a mandarti qui?» Evan sentì Clay spostarsi ancora più vicino e si mosse in modo da dargli spazio, quasi aspettandosi che se ne andasse da un momento all'altro. Continuava a ripetersi che non era la prima volta che Clay gli stava vicino, ma era diverso.

«No, sono scappato convinto che mi odiassero. Per quello che mi ricordo, in quel momento odiavo il mondo intero. Credevo di potermela cavare meglio da solo ma scoprii il contrario. Non avevo mangiato molto e non avevo posto dove andare. Ho visto altri ragazzi fermi agli angoli delle strade e li ho visti salire in macchina. Lentamente mi sono avvicinato a uno di loro. Una macchina ha accostato e un uomo mi ha invitato a bordo. Mi ha offerto soldi per fare un giro con lui.» Evan si fermò, avrebbe preferito non parlarne più. «Ho passato i mesi seguenti andando con gli estranei per avere cibo e un posto dove dormire. A volte se ero fortunato lasciavano che dormissi lì e in questo modo potevo anche lavarmi e scaldarmi un po'.» Evan fece silenzio aspettando una reazione da Clay. «Padre Val mi ha trovato lì, sulle strade. Mi ha offerto la colazione e un posto qui.» Evan temeva di scoppiare a piangere all'improvviso. «Mi ha salvato, Clay.» Tornò a fare silenzio ascoltando il suono del respiro del ragazzo, aspettandosi che si alzasse per tornare al proprio letto, ma non lo fece. Non si mosse neppure.

«È per questo motivo che ti tieni sempre a distanza?»

«Sì. Anche quando ero qui, pensavo di non doverci stare.»

«Invece era il tuo posto.» Evan sentì Clay stringergli la mano e intrecciare le dita con le sue. «Appartieni a questo posto come tutti noi.» Clay si mosse di nuovo verso di lui cercando le sue labbra, il freddo della notte accarezzò la pelle di Evan quando l'altro alzò le coperte. La pelle del compagno di stanza che sentiva accanto alla propria era più liscia e più calda di quanto avesse mai immaginato. Clay si mosse di nuovo, si spostò sopra a Evan premendo il suo corpo contro il materasso, senza smettere di baciarlo. Evan poteva sentire il membro di Clay premuto contro il proprio, separati solo da pochi strati di tessuto. Aveva quasi paura di toccarlo, temeva di poterlo fermare in qualche modo. Ma lì, nell'oscurità quasi totale, Clay era talmente vicino da permettere a Evan di vedere i suoi occhi pieni di passione. Ewan boccheggiò per la sorpresa, sentiva la mano di Clay scivolare sul suo corpo e lasciando una scia infuocata. Ne voleva di più. Le dita scivolarono sotto all'elastico della biancheria per abbassarla, poi fu quella di Clay a scivolare via, entrambi stavano gemendo dolcemente mentre i loro membri si toccavano per la primissima volta.

Evan sospirò appena per quel tocco, Clay lo strinse ancora di più, baciandolo sempre più intensamente, facendogli capire di volere la stessa cosa che voleva lui. Lasciando vagare le mani sul corpo dell'altro, Evan le fece scorrere lungo la schiena di Clay, fino al suo sedere per poi divaricargli i glutei caldi e morbidi. Avrebbe voluto sentire tutto allo stesso tempo, all'improvviso le mani parvero dotate di una mente propria, cominciarono a girovagare sul corpo di Clay mentre continuavano a baciarsi con un'intensità che mai Evan avrebbe immaginato. Fortunatamente non c'era il bisogno di pensare. Le loro mani e i loro corpi sapevano esattamente cosa fare, non c'erano dubbi o incertezze.

Una delle gambe di Clay scivolò tra quelle dell'altro, cominciò a strofinargli il ginocchio sulla coscia. Quel tocco provocò nell'altro un piacere delirante. Tutto ciò che faceva Clay sembrava sufficiente per far impazzire l'altro e, al contempo, fargli desiderare sempre di più. Quel ragazzo era come una droga che si era negato troppo a lungo, non poteva averne abbastanza.

«Clay!» urlò Evan, inarcando la schiena mentre le labbra dell'amico si spostavano dalle proprie per baciargli la pelle, lasciando scivolare la lingua intorno a un capezzolo. Cercando di trattenersi dall'urlare di nuovo, Evan affondò la faccia contro la spalla di Clay, sentendo il sapore della sua pelle sulla lingua. Fu costretto a trattenersi mentre Clay continuava a usare labbra e lingua sulla sua pelle. Ne voleva di più, dannazione, ne aveva bisogno con tutto se stesso.

Poi tutto si fermò, Evan strabuzzò gli occhi nell'oscurità sentendo Clay alzarsi. Le coperte se ne andarono con una ventata d'aria fredda, poi tornarono le labbra e le mani di Clay; il ragazzo lo baciava e lo toccava sotto allo stomaco. Evan si sentì mancare il respiro quando la guancia dell'altro gli sfiorò il membro, lo stomaco gli si contorse mentre sperava che non si fermasse. «Non sono sicuro di sapere cosa fare,» ammise Clay.

Evan sorrise e usò le mani per guidare il volto di Clay di nuovo contro il proprio, si baciarono di nuovo. «Puoi fare quello che vuoi, non puoi fare niente di sbagliato.»

Evan scivolò sotto a Clay aiutandolo a sistemarsi sul letto prima di baciarlo di nuovo. Poi cominciò a far vagare le labbra sul corpo di Clay. Aveva un sapore paradisiaco e virile, Evan era determinato ad assaggiarne il più possibile. Cominciò a far turbinare la lingua intorno a un capezzolo, le dita tormentarono quei piccoli boccioli fino a quando Clay non si contorse, aveva una mano tra i denti per evitare di urlare. Evan assaggiò il collo di Clay, leccandolo sulla gola, lentamente, poi spostò la mano sul petto del ragazzo, sulla macchia di peli soffici tra i pettorali. Clay rise appena quando Evan gli passò la lingua sull'ombelico e gemette quando passò a provocargli la fossetta sul fianco. Si calmò completamente quando sentì la lingua di Evan toccarlo per la prima volta, scivolando su tutta la sua erezione. «L'hai mai fatto prima?» domandò Evan tranquillo.

«No,» gemette Clay. La sua voce si interruppe mentre Evan si dedicava al punto appena sotto la punta per poi lasciar scivolare le labbra sull'asta tremante, Clay spinse leggermente con i fianchi.

Aprendo la bocca, Evan affondò le labbra su Clay, sentì i suoi versi trattenuti, era come una silenziosa richiesta per avere di più. Lentamente cominciò a succhiare l'asta, muovendo la testa. Clay si unì poi ai suoi movimenti. Evan pensava che l'altro non potesse durare molto. Era un'esperienza nuova per lui, le sensazioni dovevano essere travolgenti. Lasciò che affondasse nella sua bocca il più profondamente possibile, sentì Clay vibrare sotto il contatto della sua lingua, poi emise un verso soffocato e riversò il suo orgasmo sulla lingua di Evan. Evan assaporò Clay, il suo Clay. Facendo scivolare via le labbra, Evan riportò le loro bocche a contatto, condividendo il gusto che aveva in bocca mentre si strofinava sulla pelle dell'altro. Qualche secondo dopo Evan sentì il proprio corpo contrarsi, era sul punto di venire. Si tenne stretto a Clay soffocando le urla contro la pelle dell'amico, strinse gli occhi e venne.

Una volta riaperti gli occhi non riuscì a vedere molto di più, ma lentamente Evan cominciò a muoversi. La prima cosa che fece fu togliere i denti da dove aveva morso la spalla di Clay. Raggiunse la piccola lampada accanto al letto, l'accese e fissò gli occhi scuri di Clay. Voleva vederlo. Non poteva più supporre come si sentisse l'altro, voleva vedere la reazione di Clay a ciò che avevano fatto. Poteva essere imbarazzato o turbato, ma in ogni caso voleva saperlo.

Clay era straordinario, gli occhi erano semichiusi e così anche la bocca, il petto continuava a muoversi più del dovuto a causa dello sforzo. Non appena lo guardò, gli occhi di Clay si aprirono e sul volto comparve un ampio sorriso che cancellò le preoccupazioni di Evan e gli scaldò il cuore. «Perché stanotte, Clay?» domandò Evan scendendo dal letto. Pulì entrambi con una maglietta e tornò sul materasso. «Perché hai aspettato fino a stanotte?»

«Non ero sicuro di piacerti in questo modo. Ti ho guardato per mesi e non hai mai fatto alcuna mossa. Pensavo di non essere il tuo tipo, qualcosa del genere.» Clay sorrise lievemente. «Devo essermi sbagliato.»

Evan gli diede uno schiaffetto sulla spalla. «Dici? Sai della mia omosessualità da due dannati anni e non mi hai mai detto niente di te. Come avrei potuto sapere? Non hai mai detto nulla o fatto niente. Non posso leggerti la mente,» disse Evan, stizzito. Le sue fantasie erano diventate realtà ma sarebbe potuto succedere molto prima. «Eri mio amico, il mio migliore amico, non avevo intenzione di rovinare il nostro rapporto provandoci con te. Voglio dire, avevo paura che avrei rovinato tutto.»

«Temevo di non piacerti in quel modo.» Clay sorrise e cominciò a ridere. «Siamo proprio due cretini, eh?»

«Sì,» disse Evan, unendosi a lui, «lo siamo.» Tornando da Clay, Evan spense la luce. Si sistemò sul letto, abbracciò Clay e mise la testa sulla sua spalla. «Cosa dovremmo fare ora?» domandò per poi emettere un verso di lamento. «Dio, sembro un personaggio di quei film che tua madre ci ha fatto guardare l'estate scorsa, ricordi?"

«Sì, la mamma è fissata con quel tipo di film,» replicò Clay. Rise, Evan sentì la risata fargli muovere il petto, poi si fermò e fece silenzio. «Non lo so. Sono già stato preso a Notre Dame. Potrei fare richiesta per il tuo stesso college, in questo modo resteremmo insieme.

Evan sentì il cuore aumentare il battito. «Stavo pensando alla Madison. Potremmo andare entrambi lì.» cominciò a dire, eccitato, poi si interruppe. «Non puoi farlo,» replicò con dolcezza per poi girarsi su un fianco in modo da guardare Clay in faccia pur vedendolo a malapena per il buio. «Non sarebbe corretto nei tuoi confronti. Tuo padre è andato a Notre Dame, sogni di andarci da tanto tempo, non posso chiederti di rinunciare.» Evan appoggiò di nuovo la testa sulla pelle di Clay, respirando il suo odore in modo da ricordarselo. «Sarai un grande avvocato e aiuterai un sacco di gente, non puoi lasciar perdere.»

Clay si mosse, Evan si sentì stringere ancora più forte. «Se non mi vuoi, basta dirlo.»

«Clay,» Evan aveva tutto ciò che avrebbe potuto desiderare e Clay voleva restare con lui, «non è questo.» Evan capì che Padre Val aveva avuto ragione. Non poteva essere egoista e trattenere Clay, non si sarebbe mai perdonato se le cose non fossero andate bene. «Padre Val, oggi, quando gli ho parlato mi ha detto che noi siamo giovani e dobbiamo crescere ancora molto.»

«Noi.» Sentì Clay irrigidirsi per la tensione.

«Sì. Gli ho detto che ero innamorato di qualcuno e non sapevo come dirglielo.» Evan si mosse appena. «Mi ha detto che se siamo fatti per stare insieme troveremo un modo per riunirci. Ci ha detto di sperimentare la vita, credo che abbia ragione.»

«Sei innamorato di me?» domandò Clay a voce bassa.

«Sì. Lo sono da quando io riesca a ricordare.» Evan non era sicuro di fare la cosa giusta, dicendoglielo. «Però, Clay, andrai in un college fantastico dove ti insegneranno a essere un grande avvocato. È una possibilità che non potrai avere in altri posti. Non posso accettare che tu rinunci, d'altra parte anche io non saprei cosa fare senza numeri e computer. Ci rivedremo, lo so. Mi verrai a trovare da Dex quest'estate e potremo vederci anche quando saremo al college.» Evan non poteva quasi credere alle proprie parole. Aveva ottenuto ciò che voleva e si era messo a parlare invece di restare zitto. Se avesse lasciato che Clay facesse ciò che voleva, sarebbero rimasti insieme. Anche lui lo desiderava, ma non sarebbe stato corretto. Evan si strinse a Clay il più possibile. «Non siamo più bambini, però dobbiamo crescere. Meriti e hai bisogno di questa opportunità.»

«Quindi stai dicendo che questo è tutto?»

«Dio, spero di no,» sussurrò Evan, «ma non ti lascerò buttare via il tuo futuro per me. Non mi perdonerei mai e tu probabilmente mi odieresti per questo. Ti amo, Clay, come non ho mai amato nessuno.» Evan si sentì gli occhi umidi. Si sarebbero rivisti, ne era sicuro, ma la vita li avrebbe cambiati. Sperò che Padre Val avesse ragione, sperò che fossero fatti per stare insieme, in modo da ritrovarsi in qualche modo.

CAPITOLO
QUATTRO

EVAN si svegliò e si stiracchiò nell'oscurità prima di rannicchiarsi sotto le coperte nel letto. Il *suo* letto nel *suo* piccolo appartamento. Con i *suoi* mobili comprati nel tempo e la *sua* macchina usata nel parcheggio. Chiuse di nuovo gli occhi, lasciando che la mente vagasse e, come al solito, ripensò a Clay e alla loro notte insieme. Gli anni l'avevano resa più sfocata ma anche abbellita. Fece scivolare una mano dal petto verso il basso e se lo prese in mano accarezzandolo appena.

Aveva visto Clay diverse volte dopo il diploma: la prima estate era venuto a trovarlo quando era dai genitori di Dex, si erano divertiti moltissimo insieme, poi Clay se ne era dovuto andare per tornare al lavoro estivo che aveva trovato. Non avevano avuto molto tempo per stare da soli. Si erano baciati e poco altro, non si sentivano a loro agio con la madre di Dex nei dintorni. Dopo quella visita, Evan si era messo al lavoro. Il signor e la signora Dexter erano proprio disponibili, così aveva lavorato duramente cercando di imparare il più possibile.

In autunno erano cominciati i corsi ed Evan si era tuffato negli studi. Si era fatto degli amici, erano piuttosto simpatici, eppure nessuno di loro era come i ragazzi conosciuti alla St. Bart. Non erano intimi o speciali come loro, per qualche ragione. Aveva provato a organizzarsi per andare a trovare Clay a Notre Dame, una volta, ma non c'era modo per pagare le spese di trasporto. Clay era venuto a trovarlo una volta durante il primo anno di college ma dopo allora sembrarono allontanarsi l'uno dall'altro. Evan sapeva che sarebbe stato prevedibile ma avevano provato a usare e-mail e Facebook per tenersi in contatto, nonostante si sentissero sempre meno.

Durante il primo anno al college, in qualche modo Evan aveva suscitato le attenzioni di un tizio molto sexy che frequentava il corso di metodo quantitativo, era stato invitato a prendere un caffè. Evan, ovviamente, aveva rifiutato, ma Kevin era insistente. Alla fine, aveva accettato il caffè, poi una cena, un film e perfino un bacio. Era il suo primo bacio non ricevuto da Clay e gli era piaciuto, così lo rifecero. Dopo poco tempo aveva cominciato a vedersi regolarmente con Kevin. Evan aveva capito di avere una relazione, poi l'altro era partito. Forse Evan aveva perso un po' di interesse, non ne era sicuro ma non importava, perché dopo un mese o poco più aveva incontrato Danis, un biondone pieno di energia che aveva spazzato via ogni ricordo di Kevin. Danis era diverso da Kevin ma comunque non era durato molto. Durante gli anni successivi Evan aveva avuto qualche ragazzo ma non era andata molto bene con nessuno di loro. Evan sapeva il perché: prima o poi ognuno di loro aveva preteso più tempo da lui, ma i suoi studi venivano prima di tutto. Dopo la laurea tutto quell'impegno venne ricompensato, gli venne offerto un posto da insegnante in una scuola privata nella periferia di Milwaukee.

Durante il primo anno, Evan aveva capito che ciò che voleva fare nella vita era insegnare matematica. Voleva trasmettere la conoscenza agli altri e assicurarsi che nessuno subisse ciò che gli aveva fatto Fratello

Renier. Quindi, dopo la laurea, si era spostato in un piccolo appartamento in centro e aveva cominciato a cavarsela da solo.

Il primo anno di insegnamento fu difficile, pieno di soddisfazioni, gratificante ed estenuante: ne aveva amato ogni singolo istante. Gli studenti erano bravi ragazzi con, in linea di massima, una discreta voglia di apprendere. Quelli demotivati avevano capito in fretta di non frequentare le lezioni di Evan, visto che faceva lavorare sodo i suoi studenti. Era fiero di poter dire che loro raggiungevano i risultati che si aspettava e anche di più.

In tutti gli anni successivi, quelli con cui si era tenuto in stretto contatto furono Dex e Frankie. Dex sembrava essere al corrente della vita di tutti, Frankie invece era sempre felice di poter parlare e passare del tempo insieme quando possibile. A tutti loro mancavano i giorni passati a giocare sul prato. Qualche settimana prima, parlando con Frankie, gli aveva chiesto se avesse ancora quel dannato elicottero. Entrambi erano scoppiati a ridere quando Frankie aveva raccontato che l'aggeggio aveva sopportato l'anno successivo di scuola, ma l'ultimo giorno era andato a schiantarsi contro un albero di mele nell'orto. «Ha dato il massimo,» aveva detto Frankie.

Il suono della sveglia fece breccia nei ricordi di Evan, facendogli realizzare di essere ancora steso a letto con una mano nelle mutande, ma non stava accadendo nulla. Non che importasse. Ripensare ai suoi amici, i migliori amici che avesse mai avuto, era valso la rinuncia a una sega. Zittì la sveglia e uscì da sotto le coperte per dirigersi verso il piccolo bagno. Dopo essersi fatto la barba ed essersi lavato, fece partire il getto della doccia e si mise sotto l'acqua calda, sperando che ciò lo aiutasse a svegliarsi. Se non altro, quel giorno non aveva lezioni visto che era il giorno dei colloqui con i genitori, quindi c'era poco da preparare.

Mentre si insaponava, le mani di Evan scivolarono sulla sua pelle fino ad arrivare al suo membro, mentre Clay tornava a far capolino nei suoi pensieri. Nel corso degli anni, Evan si era chiesto come potesse Clay, o i ricordi che lo riguardavano, avere un effetto così travolgente su di lui. La risposta era che non lo sapeva, ma era comunque così. Si arrese a quei pensieri, ripensando alla sensazione della sua pelle su quella di Clay e al modo in cui si erano toccati. Il ricordo del suo sapore era ancora vivido e avrebbe voluto sentirlo di nuovo. Si immerse nel ricordo dei momenti passati, toccandosi e muovendo i fianchi mentre il Clay immaginario gli faceva cose indescrivibili. Evan sentì un tremore alle gambe mentre il Clay creato dalla sua testa si piegava sulle ginocchia prendendoglielo in bocca. Stringendolo lentamente, Evan venne. La sua mente fu travolta dalle endorfine prima che l'acqua tiepida gli ricordasse di muoversi prima che diventasse completamente fredda. Si sciacquò in fretta, chiuse l'acqua e uscì dalla doccia. Si asciugò altrettanto velocemente, tornò in camera e si vestì per andare al lavoro.

Lasciò l'appartamento e si diresse verso la macchina parcheggiata. Non era nuova ma era molto affidabile. Il signor Dexter gliel'aveva venduta quando aveva ottenuto il primo lavoro, Evan pensava che l'avesse valutata in maniera ridicolmente bassa, ma l'espressione sul volto dell'uomo gli aveva fatto capire che fare domande sarebbe stato offensivo, così era stato zitto. Aprì la portiera della sua Volvo coupé rossa e mise in moto per poi dirigersi verso la scuola. Il tragitto durava più di mezz'ora, sia per il traffico che per la distanza. L'unica cosa di cui Evan era grato era la direzione del traffico: la maggior parte delle macchine procedeva verso la direzione opposta. Una volta fuori dal centro, le case cominciarono a diminuire e il paesaggio si fece più rigoglioso, gli alberi si stavano tingendo di rosso e giallo. Una volta nel parcheggio salutò un gruppo di insegnanti ma non si fermò a parlare: aveva molto lavoro da fare.

Secondo la politica della scuola, almeno un parente di ogni studente doveva incontrare gli insegnanti. Era il loro modo per assicurarsi che i genitori dei ragazzi, spesso abbienti, fossero coinvolti nell'educazione dei propri figli. Evan aveva dei dubbi riguardo al fatto che funzionasse davvero, ma teneva quelle considerazioni per sé. Aprì la porta ed entrò nell'edificio, i suoi passi riecheggiavano nel corridoio tra pavimenti puliti e armadietti scintillanti. In quel posto, tutto era nuovo.

Aprì la porta della sua classe, accese le luci e posò la borsa sulla scrivania per poi dedicarsi a un'ispezione dettagliata dell'ambiente. Come aveva scoperto l'anno precedente, Arthur Pinkus, il preside della scuola, pretendeva che ogni classe fosse al meglio per i colloqui con i genitori. «Dopotutto, sono loro a firmare gli assegni,» aveva detto. Muovendosi nella stanza, controllò ogni cosa, poi aprì la porta che dava sul laboratorio informatico adiacente. Accese le macchine e le fece connettere a internet.

«Tutto a posto?» sentì chiedere da Arthur mentre l'uomo sporgeva la testa nella classe.

«Così sembrerebbe. C'è qualcosa che devo cambiare?» domandò Evan. Il preside si guardò intorno.

«Mi sembra a posto,» disse con un sorriso per poi andarsene, Evan sentì i suoi passi mentre se ne andava. Terminando i preparativi, tirò fuori i compiti dalla borsa in modo da avere il lavoro di ogni studente a portata di mano. Aveva molti allievi fantastici ma anche alcuni difficili, Evan pensava che venissero spinti a frequentare dei corsi per cui non erano pronti.

«Salve.» la testa di un uomo spuntò da dietro la porta. «È lei il signor Donaldson?» Il resto del corpo comparve dopo che Evan ebbe annuito.

«Prego, entri.»

Un uomo dai capelli biondi e mossi con un ampio sorriso sul volto, circa dell'età di Evan, entrò nella stanza. Evan si chiese come potesse essere il genitore di uno dei suoi studenti, era decisamente troppo giovane. «Lo so,» disse, guardandosi, «non posso essere il genitore di uno dei suoi studenti. Sono Leonard Fetzer, mia nipote Helene frequenta il suo corso di algebra avanzata. Mio fratello e la sua...» si mise a contare usando le dita «terza moglie sono in Svizzera, così mi sono offerto di sostituire mio fratello Harry, oggi.» Si guardò intorno. «Non è cambiato nulla da quando venivo qui.»

«Lei deve aver avuto il signor Wurlitzer?» domandò Evan mentre si avvicinava al bell'uomo. «È andato in pensione qualche anno fa. È il mio secondo anno di insegnamento alla Kohler.» Evan si ritrovò a sorridere come uno sciocco a quell'uomo e, con sua sorpresa, Leonard ricambiò il sorriso. «Uhm, dovrei farle vedere qualche lavoro di Helene,» disse Evan, rimproverando se stesso in silenzio per essersi distratto. Si stava comportando da idiota. «È una brava studentessa, quando si applica,» cominciò Evan tirando fuori alcuni esempi di ciò che faceva la ragazza. «Alcuni giorni è diligente e il suo lavoro è perfetto, altri è distratta. Le sue distrazioni hanno delle ripercussioni sul lavoro.» Evan porse a Leonard dei fogli per mostrargli sia i buoni risultati che quelli meno positivi.

«Vorrei poterla capire meglio, ha un grandissimo potenziale, ma sembra usarlo solo durante una parte del tempo.»

Leonard esaminò il lavoro e restituì i fogli a Evan. «Temo, signor Donaldson, che risenta degli effetti dello stile di vita di mio fratello, che potremmo definire *esuberante*. Lui e la matrigna di Helene nell'ultimo anno sono stati via da casa più di quanto non ci siano stati, mia nipote ha passato molto tempo con sua madre.» Leonard scosse la testa. «Mio fratello ha un gusto particolare per le donne: gli piacciono con le tette grosse e la testa vuota. Sfortunatamente, la madre di mia nipote non è diversa. Passo con lei più tempo che posso, ma non sono suo padre e non credo che sia ciò di cui ha bisogno.»

Evan annuì lentamente. «A volte i ragazzi hanno tutto a parte ciò di cui hanno davvero bisogno.» Evan guardò Leonard, realizzando improvvisamente d'aver detto a voce alta ciò che pareva essere terribilmente bigotto.

Gli occhi di Leonard si illuminarono per un istante. «Sa cosa vuol dire avere un padre assente?» domandò l'uomo.

«Sì. I miei genitori sono morti quando ero un adolescente. Penso di poter capire ciò che sta passando Helene,» rispose Evan, vedendo l'espressione di Leonard addolcirsi. «È una ragazza giovane e ha un disperato bisogno dei suoi genitori in questo momento,» aggiunse Evan chiedendosi che cosa potesse fare per aiutarla. «Le piacerebbe vedere altro di ciò che ha fatto? È davvero in gamba con i computer.» Evan si diresse verso il laboratorio e avviò un'applicazione di Helene. «La ragazza è molto interessata alla moda e ha sviluppato delle formule che possano aiutare la gente a scegliere i vestiti in base a dei fattori che includono altezza, peso e colore della pelle. Ha scelto dei valori numerici per le risposte e delle formule per usarli. Ha ancora del lavoro da fare, credo che non possa essere perfetto per via della grafica, solo per quello.» Evan si tirò indietro in modo che Leonard potesse guardare il lavoro della nipote.

Sentendo altre persone arrivare nella stanza, Evan si scusò e andò a presentarsi agli altri genitori, cercando i lavori dei loro figli. Li guardarono brevemente per poi dare un'occhiata veloce alla classe e andarsene. Aveva scoperto che molte visite andavano in quel modo, sembrava un dovere spiacevole a cui adempiere.

«Forse dovrei andarmene, così potrà dedicarsi agli altri,» disse Leonard alle sue spalle per poi porgere la mano. «È stato un piacere conoscerla.» Si strinsero la mano, Evan lo osservò mentre se ne andava e si toccò le dita formicolanti chiedendosi se Leonard avesse prolungato apposta la stretta. Altri genitori entrarono in classe, Evan mise da parte quei pensieri mentre rispondeva alle loro domande e mostrava la classe, parlando nel frattempo dei loro figli.

Trascorse qualche ora, Evan perse il conto del numero dei genitori con cui aveva parlato, eppure il primo incontro della giornata gli era rimasto particolarmente impresso, specialmente quel sorriso. «Toc toc,» sentì dire Evan da qualcuno fuori dalla porta in un momento privo di colloqui. Non provò neppure a trattenere un sorriso quando vide Leonard entrare nella stanza. «Volevo ringraziarla per la sua sincerità riguardo Helene. Gli alti insegnanti mi hanno detto che è una ragazza straordinaria e mi hanno detto la verità solo dopo qualche pressione. Lei, invece, me l'ha detto subito.»

Evan si sentì arrossire. «Sono più diplomatici di me.»

Leonard non parve accettare del tutto quella spiegazione ma non era il momento di discussioni filosofiche sull'educazione dei ragazzi. L'uomo guardò in direzione della porta. «Helene mi ha consigliato di incontrare lei per primo. Penso che lei abbia fatto una certa impressione su mia nipote, nonostante i suoi risultati.»

«Eh?» Evan si chiese quale fosse l'impressione. Alcune studentesse avevano una cotta per lui, ma non sembrava che anche Helene fosse una di quelle.

«Sì, mi ha detto che dovevo conoscere il suo bell'insegnante di algebra,» disse Leonard. «Probabilmente oso un po' troppo, ma ho imparato che non si ottiene nulla senza impegno. Quindi, Helene si diverte a organizzare incontri, se capisce cosa intendo.» Leonard sorrise, strizzando leggermente gli occhi, e disse, «Mi stavo chiedendo se le andrebbe di cenare insieme.»

«Helene?» Evan provò a dire qualcosa ma fu l'unica cosa che gli uscì dalle labbra. Aveva cercato in tutti i modi di non dare agli studenti informazioni sul proprio orientamento sessuale, e nemmeno agli insegnanti. «Lei?»

Leonard fece un passo indietro, lentamente. «Mi scusi,» disse, alzando le mani, «non intendevo offenderla.»

«Non mi ha offeso,» lo tranquillizzò Evan con un sorriso. «Credevo di essere bravo a tenere certe informazioni sulla mia vita fuori dalla classe, ora sembra che gli studenti sappiano del mio orientamento.»

«Non penso che i suoi studenti lo sappiano, in generale. Helene ha molto intuito, probabilmente l'ha capito visto che avete passato molto tempo insieme. Quindi, è interessato – alla cena, intendo?» Stavano arrivando altri genitori ed Evan fu costretto a prendere una decisione. Raggiunse la borsa, tirò fuori un cartellino e scrisse il suo numero di cellulare sopra. Diede il cartellino a Leonard e gli rivolse un cenno per poi concentrarsi sui genitori che si stavano guardando intorno. Con un balzo, andò da loro e si presentò.

La pausa pranzo consistette in pochi minuti per mangiare un panino seduto alla cattedra in un momento senza genitori. Era stata una mattinata molto produttiva e interessante. Aveva incontrato i genitori di alcuni tra i suoi migliori studenti. Aveva conosciuto anche il padre più oppressivo che avesse mai visto, determinato a credere che suo figlio sarebbe diventato il migliore, anche quando aveva difficoltà. Poi, ovviamente, aveva ottenuto un appuntamento, per di più con un gran bell'uomo. Sapeva di doverci andare piano, l'uomo in questione era lo zio di una studentessa, ma fino a quando non si fosse saputo in classe sarebbe andato tutto bene.

Evan mise il panino sopra la borsa marrone quando sentì il telefono vibrare in tasca. Normalmente non rispondeva alle chiamate durante il giorno, ma visto che non aveva studenti in classe l'aveva tenuto in tasca. «Ciao, Dex, come stai?» domandò Evan dopo aver letto il nome del mittente.

«Ottimo. So che in genere non rispondi, così mi aspettavo di lasciare un messaggio. Hai qualche minuto per parlare?»

Evan buttò un'occhiata nel corridoio ma sembrava vuoto. «Certo, qualche minuto ce l'ho.»

«Ho appena ricevuto una chiamata da Frankie e mi ha detto che Clay si sta per sposare.»

Evan rischiò di perdere la presa sul telefono. «Clay?»

«Sì. Frankie ha detto che sposerà qualcuno che ha conosciuto all'università. A quanto si dice sono usciti per un po', ora che è sul punto di laurearsi ha deciso di fare il grande passo. Frankie ha detto anche che ha ricevuto un'offerta di lavoro da una grande ditta a Milwaukee. Non lo sapevi?»

«No,» rispose Evan sentendosi ferito.

«Immagino che non abbia avuto il tempo per chiamarti,» disse Dex, eccitato. Evan dubitava che Clay l'avrebbe chiamato, in ogni caso.

«Dex, devo andare. Oggi ci sono i colloqui con i genitori e mi aspettano,» mentì. «Ti chiamo dopo.»

«Certo., disse Dex, felice. «Farai qualcosa durante le vacanze? Mamma vuole che ti passi uno dei suoi inviti speciali, e sai cosa vuol dire...»

Evan rise nonostante l'ansia. «Lo so. Dille che non me lo perderò per nulla al mondo.»

«Riferirò.» rispose Dex, poi salutò e riattaccò. Dopo aver riposto il telefono in tasca, Evan fissò il muro, dimenticandosi del pranzo. *Clay si stava per sposare?* Era l'ultima cosa che si sarebbe aspettato. Dopo quella notte passata insieme, Evan pensava che Clay fosse gay. «Dannazione.» sussurrò tra sé e sé. *Quella notte, per lui, è stato solo un esperimento?* Per Evan tutto ciò aveva avuto un grande significato, ma evidentemente non era stato così per entrambi. Si alzò e cominciò a vagare nella classe vuota. Teneva molto ai momenti condivisi con Clay, li aveva considerati quasi sacri durante tutti quegli anni. Erano ricordi che non aveva mai condiviso con nessuno. Quando le relazioni erano finite e i suoi ragazzi se ne andavano, ripensava sempre ai momenti passati con Clay, alla notte insieme. *Erano tutte bugie? Sono stato solo un esperimento per capire meglio ciò che voleva?* Chiuse gli occhi e cercò di ripensare ancora a quella notte, questa volta cercando degli indizi, senza però raggiungere alcun risultato. Il tempo aveva reso sfocati quei momenti.

«Signor Donaldson,» sentì dire da una voce femminile alle sue spalle, «va tutto bene?»

Evan cercò di sfoggiare la sua faccia migliore. «Sì, prego, entri,» disse mentre la signora vestita in maniera impeccabile scivolava verso di lui, presentandosi come Elaina Fordham in maniera quasi regale, per poi accomodarsi su una delle sedie mentre cominciavano a rivedere il lavoro di suo figlio. Dopo averlo fatto, la signora aveva fatto ridere Evan e aveva scoperto che suo figlio era uno dei suoi studenti migliori, era quasi un anno avanti rispetto alla maggior parte dei suoi compagni di classe.

«Mi vesto sempre così quando vengo qui.» disse, sporgendosi verso Evan. «Non si può mai sapere quando una dannata stronza ti vedrà, non voglio farmi eclissare da nessuna di loro.» Evan aveva riso di gusto quando la donna aveva lasciato cadere la facciata, rivelando un accento che sembrava più simile al suo che a quello raffinato che aveva usato quando era entrata. «Vivono nelle loro grandi case pagate con soldi presi in prestito, cercando di mantenere le apparenze, e mi guardano dall'alto in basso perché io lavoro per avere i miei soldi.» Aveva alzato la testa ed Evan aveva sorriso. Quella donna gli ricordava il personaggio di Molly Brown in *Titanic*. Il telefono le squillò nella borsetta, lei si scusò e accettò la chiamata per poi salutarlo. Evan la osservò mentre se ne andava camminando nel corridoio come se fosse stata una regina e sorrise tra sé. Se non altro, era riuscita a togliergli la malinconia. Gli altri genitori andarono e vennero per il resto del pomeriggio, Evan si costrinse a concentrarsi sul lavoro, mantenendosi occupato fino al momento di andarsene a casa.

Per il tragitto impiegò un po' di tempo come tutte le sere, il telefono squillò quando aveva appena parcheggiato. Era un numero che non riconobbe. «Non ho chiamato troppo presto, vero? Sono Leonard, quello di questa mattina.»

Evan sorrise. «No, stavo tornando a casa.» Aprì la portiera, uscì prestando attenzione alle altre macchine e la richiuse. «Non ero sicuro che avrebbe chiamato.» Evan aprì il portabagagli tirando fuori la borsa mentre parlava.

«Beh, l'ho fatto. Non mi capita spesso di incontrare un bell'uomo intelligente. E dammi pure del tu.» Evan si rese conto di essere arrossito, sentì le guance bollenti nonostante l'aria fresca. «Ad ogni modo, per la cena?»

«Se sei serio, mi piacerebbe andare a cena con te.» L'idea di uscire con un parente di una studentessa non gli andava troppo a genio, ma aveva controllato e il suo contratto sembrava non dire nulla al riguardo. La scuola vietava di uscire con i genitori degli studenti, ma non con gli zii. Era solo una cena, dopotutto, ed Evan era sicuro di divertirsi.

«Ottimo.» Riuscì a sentire l'eccitazione nella voce di Leonard, che riuscì a trasmettergli un po' di entusiasmo. «Se mi dici dove vivi, vengo a prenderti alle sei e mezza.» Evan gli diede le indicazioni per arrivare lì e riattaccò. Poteva essere una buona cosa, aveva esagerato nel tenersi stretti i ricordi e le fantasie riguardanti Clay. I ragazzi con cui era uscito in passato assomigliavano tutti al suo ex compagno di stanza: alti, spalle larghe, capelli scuri, esattamente come lui. C'erano state delle eccezioni ma non erano state molte. Leonard non aveva nulla a che fare con Clay, né per l'aspetto fisico né per come si comportava, almeno in base a ciò che aveva potuto vedere Evan. Le cose stavano andando bene, molto bene. Aprì la porta ed entrò, nell'ascensore si ritrovò a fischiettare un po'. Clay stava andando avanti con la propria vita e lui stava facendo altrettanto, non c'era nulla di cui vergognarsi.

Uscendo dall'ascensore si affrettò verso la porta, aprendola per poi fare una corsa in camera da letto. Si spogliò in fretta, andò sotto la doccia per un risciacquo veloce, si asciugò e andò dall'armadio per decidere che cosa indossare. Lo fissò per un po', ma per quanto potesse guardare non apparve nulla per magia, così optò per i suoi pantaloni migliori e una bella camicia. Sperò di stare abbastanza bene. Dopo essersi vestito si spruzzò un po' di colonia e si mise calzini e scarpe. Il campanello del portone suonò, Evan andò a premere il pulsante per lasciar entrare Leonard e gli comunicò il piano a cui salire. Aveva appena finito di allacciarsi le scarpe e di darsi un'occhiata veloce allo specchio quando qualcuno bussò alla porta. Aprì e si trovò davanti Leonard, vestito in maniera impeccabile e con un mazzo di fiori in mano. «So che è un po' un cliché, ma non potevo presentarmi a mani vuote,» disse con un sorriso per poi darli a Evan.

«Grazie.» Nessuno gli aveva mai regalato dei fiori prima di allora. Evan sorrise e chiuse la porta dopo aver fatto entrare l'ospite, invitandolo a sedersi mentre li metteva in un vaso d'acqua. «Non me li aspettavo,» disse dalla cucina mentre trovava una brocca, riempiendola d'acqua per i fiori e poi mettendo tutto sul tavolo. «Sono bellissimi, è stato davvero un bel pensiero,» commentò Evan ancora con il sorriso sulle labbra mentre tornava in salotto. Leonard stava girovagando per la stanza e sembrava piuttosto concentrato. «Leonard, vuoi andare subito o abbiamo tempo per bere qualcosa? Se ti va, ho una bottiglia di vino,» offrì Evan, non sapendo come comportarsi con lui.

«Veramente,» disse Leonard distogliendo l'attenzione da una foto di Evan alla St. Barts, «ho prenotato per le sette, quindi sarebbe meglio andare. E chiamami Leo.»

Evan tornò a sorridere per poi seguirlo verso la porta. Dopo averla chiusa aspettò l'ascensore insieme a Leo. Evan non sapeva cosa dire e si ritrovò a guardarsi intorno in cerca di un argomento di conversazione. «Hai sempre voluto diventare un insegnante?» domandò Leo spezzando il silenzio.

«All'inizio volevo diventare un matematico e studiare matematica, ma al primo anno di college ho deciso di insegnare,» rispose Evan. La porta dell'ascensore si aprì ed entrarono. «È un lavoro davvero gratificante, specialmente quando uno studente in difficoltà ha un momento di illuminazione e si riesce a vedere la luce nei suoi occhi. È davvero bello. Tu cosa fai, invece?»

Leo spinse il bottone e la porta si chiuse. «Sono il responsabile delle vendite alla Fetzer Printing. Mio padre dirige la compagnia e lavoro per lui.»

«Devi avere un sacco di responsabilità. È bello lavorare in famiglia?» La porta si aprì e uscirono nel corridoio.

«A volte è fantastico, ma visto che mio fratello esce spesso dal paese mi capita di rimpiazzarlo abbastanza frequentemente,» spiegò Leo mentre uscivano dall'edificio fino a raggiungere una BMW color blu notte.

Leo aprì la portiera e aspettò che Evan salisse prima di dirigersi al posto di guida e mettere in moto. «Spero che ti piaccia la cucina italiana.»

«Oh, certo.»

Leo uscì dal parcheggio immettendosi nel traffico. «Ho scoperto questo posticino dove fanno di persona pasta e salse, è davvero splendido,» spiegò Leo mentre erano in macchina. «Cos'altro fai, a parte insegnare?»

«Faccio volontariato una sera a settimana, servo la cena in un rifugio per i senzatetto. Quando avevo quindici anni, i miei genitori sono morti e mi sono ritrovato a vivere in strada. Sono stato aiutato da un brav'uomo che mi ha dato la possibilità di avere una vita vera.» Evan guardò Leo, con sua sorpresa l'uomo sembrava credere a ogni parola. «Padre Val è stato davvero bravissimo con me senza chiedere nulla in cambio, quindi restituisco qualcosa dove posso, come per ringraziarlo.»

«Caspita, che infanzia,» commentò Leo. «La mia è stata diversa. Mio padre gestiva il business di successo che aveva ereditato da suo padre, quindi avevamo tutto ciò che tu possa immaginare. La mamma ci viziava un sacco, ma papà insisteva affinché ci costruissimo la nostra vita. Sono andato alla scuola per dirigenti e mio fratello è andato a studiare legge. Lui è l'avvocato dell'azienda e cerchiamo di aiutare papà.» Leo sospirò ma non disse altro. «Ok, ora parliamo di qualcosa di più divertente.»

«Va bene, suggerimenti? Non ho fatto granché da quando ho lasciato il college. Sono stato in un museo qualche settimana fa a vedere una mostra di Chihuly. È stato indimenticabile.»

«Ho visto quella mostra, ho visto anche l'installazione al Venetian a Las Vegas qualche anno fa, quella roba è incredibile!» aggiunse Leo, entusiasta, prima di trovare parcheggio. Leo aspettò che Evan uscisse dalla macchina e lo condusse al ristorante, dove comunicò il nome alla maitresse.

«Sei sempre così?» domandò Evan mentre venivano accompagnati al tavolo.

«Così come?»

«Non so, un gentiluomo. Voglio dire, nessuno mi aveva mai trattato così,» spiegò Evan sedendosi.

«Beh, avrebbero dovuto farlo. Meriti di essere trattato bene,» disse con un bagliore negli occhi. La sua mano sfiorò quella di Evan. La cameriera raggiunse il loro tavolo e si presentò. Leo ordinò una bottiglia di vino frizzante e la cameriera tornò con un secchiello di ghiaccio, stappò la bottiglia di vino e riempì i bicchieri. Riferì gli speciali del giorno e prese le loro ordinazioni prima di andarsene. «È sempre buffo andare a cena con qualcuno per la prima volta. Non si sa mai di cosa parlare.»

«Ne è passato di tempo dal mio ultimo appuntamento,» disse Evan guardando Leo negli occhi. «Non sono uscito molto dopo il college.»

«Cosa fai durante le vacanze estive?»

«Passo parte del tempo con un amico del liceo. Lui e la sua famiglia mi hanno preso sotto la loro ala. La famiglia di Dex ha una barca a vela e sua madre... beh... mi coccola per tutto il tempo. A parte quello, passo l'estate insegnando a un corso di recupero alla scuola pubblica che c'è vicino al mio appartamento. Mi piacerebbe riuscire a prendermi una pausa ma non riesco. Che mi dici di te? Cosa fai per divertirti?» Evan capì che essere lì con Leo era piuttosto divertente. Non era difficile fare conversazione, un po' del nervosismo che provava stava lentamente scivolando via.

«Andiamo in barca sul lago Michigan. Papà ha un cabinato che usiamo noi. Gioco anche a baseball nella squadra dell'azienda. Durante l'inverno, invece, lavoro e vado in letargo fino a primavera,» rispose Leo con un sorriso.

«Perché non riesco a crederci? Sembri il tipo di persona che ha sempre bisogno di qualcosa da fare,» lo provocò Evan, sorseggiando un po' di vino.

«Ok, mi hai inquadrato. Ma forse mi piacerebbe andare in letargo se avessi qualcuno di carino con cui andarci.»

L'espressione di Leo percorse Evan da capo a piedi, scaldandolo con un pizzico di eccitazione. Sì, gli sarebbe piaciuto andare in letargo passando l'inverno rannicchiato accanto a Leo, magari facendo l'amore davanti al fuoco. Probabilmente era un'idea stupida, ma in quel momento sembrava una possibilità alquanto reale. Arrivarono le loro ordinazioni, la cameriera gli mise davanti un piatto di pasta fumante, il piacevole aroma della salsa bianca fu trasportato fino al suo naso. Un suono di puro piacere anticipato gli riecheggiò nella gola, Evan vide il volto di Leo farsi più scuro. «Mi chiedo cosa dovrei fare per far sì che tu faccia quel verso per me.»

Evan spalancò gli occhi mentre veniva percorso da un brivido. La serata stava cambiando per il meglio. Spostò le gambe cercando di mettersi più comodo. Fece cadere di proposito il tovagliolo, facendolo sembrare un errore, con la scusa di raccoglierlo si sistemò i pantaloni, non che fosse molto d'aiuto. Leo sembrava sapere che tasti premere, parte di lui avrebbe voluto concentrarsi sul cibo e su altro. Prese un respiro profondo, raccolse il tovagliolo, e lo sistemò in grembo, poi vide Leo che gli sorrideva dall'altra parte del tavolo. «Che c'è?» domandò Evan guardandosi.

«Sei adorabile, lo sai?» sussurrò Leo con gli occhi particolarmente luminosi per poi assaggiare un boccone di pasta. «Sai, è passato molto tempo dall'ultima volta che ho incontrato qualcuno come te.»

La forchetta di Evan si fermò a mezz'aria. «Qualcuno... come?» non aveva capito che cosa intendesse, ma i sottintesi potevano non essere lusinghieri.

Leo finì il boccone e posò la forchetta. «Non intendevo in senso negativo. Intendo che la maggior parte degli uomini che conosco si interessa a me per i miei soldi o per ciò che posso fare per loro. Una volta sono stato con uno che mi ha chiesto di uscire pensando che venendo a letto con me io potessi chiedere a mio padre di assumerlo. Tu non sei così.»

Evan scosse la testa. «No. Non ho avuto molto nella vita, ma quello che ho avuto me lo sono guadagnato, oppure l'ho ricevuto grazie all'aiuto di persone generose che mi hanno considerato parte della famiglia. Se fossi interessato solo ai soldi, mi sarei potuto vendere al migliore offerente nell'industria informatica. Invece, insegno ai ragazzi in un piccolo liceo privato.» In verità, il più grande desiderio di Evan era amare ed essere amato. Non aveva bisogno di soldi per quello. Evan assaggiò un boccone di pasta e sentì i sapori danzare sulla lingua.

Leo mangiò un altro po' e posò di nuovo la forchetta, il suo sguardo era intenso. «Se potessi avere una cosa, qualsiasi cosa, cosa chiederesti?»

Evan aprì la bocca per rispondere ma si fermò, il nome Clay rischiò di sfuggirgli dalle labbra e non sarebbe stato giusto. Non quella sera. Non era possibile: restare ancorato alle fantasie era semplicemente da stupidi. Evan ci pensò su per qualche istante. «Penso che mi piacerebbero dei bambini. Il loro amore non dipende da ciò che hai o da ciò che puoi comprare loro. Ti amano per come sei.» Leo alzò la forchetta e cominciò di nuovo a mangiare mentre Evan restò perso nei suoi pensieri per qualche istante. Quando alzò lo sguardo non poté fare a meno di sorridere. Un lungo pezzo di pasta usciva dalla bocca di Leo e lui lo stava risucchiando. «Stai dimostrando qualcosa o è solo un'ostentazione?»

Leo scoppiò a ridere prendendo in fretta un bicchiere d'acqua. «Questa era cattiva,» rispose con un sorriso «Ma niente male. Se vuoi potrai scoprirlo da solo... più tardi.» Evan si sentì attraversato da una scarica elettrica e dovette trattenersi dall'acconsentire istantaneamente. Non andava mai a letto con qualcuno a un primo appuntamento e inoltre non li portava al suo appartamento. Quei giorni erano finiti quando era andato alla St. Bart. Certo, c'erano altri che lo facevano, ma Evan tendeva ad associare quel comportamento a ciò che aveva fatto lui quando era in strada, e non voleva ripetere. Aveva il bisogno di conoscere la persona con cui usciva prima di passare al lato fisico del rapporto.

Evan cambiò discorso. «Viaggi molto per lavoro?»

«Abbastanza. Ho tre venditori che lavorano per me, ma io incontro i clienti importanti e a volte ciò richiede un viaggio. Non mi danno fastidio i viaggi troppo lunghi, nemmeno viaggiare troppo spesso. Mio padre sta invecchiando e mi fa piacere aiutarlo.» Leo masticò e ingoiò il boccone. «Non fraintendermi,» continuò, «mio padre è una persona molto attiva ma sta cominciando a ripensare a certe decisioni.»

«Dev'essere bello lavorare con tuo padre,» commentò Evan. «Immagino che tu lo veda tutti i giorni.» Fu travolto da un senso di nostalgia. Non pensava ai suoi genitori da un po', il senso di malinconia che aveva provato all'inizio sembrava essere svanito, ma a volte...

«Hai detto d'aver perso i genitori da piccolo,» disse Leo. «Dev'essere stato difficile.»

«Sì, è così. Per un po' di tempo avrei preferito essere stato con loro, il giorno dell'incidente,» rispose Evan senza volerne parlare davvero. Perché molte conversazioni sembravano condurre a quel punto? «Ma sono stato fortunato,» disse Evan con un sorriso, toccando la mano di Leo dall'altra parte del tavolo. Leo girò la mano in modo da stringere le dita su quella di Evan. La conversazione si era trasformata in un silenzio rassicurante. Finirono di mangiare guardandosi negli occhi.

«Vuoi un dolce?» domandò Leo una volta svuotati i piatti. La voce era bassa e tranquilla, come se non volesse infrangere l'incantesimo che sembrava unirli.

Evan non spostò lo sguardo dagli occhi scuri di Leo e scosse un pochino la testa. Quando arrivò la cameriera, Evan notò a malapena che Leo si stava occupando del conto. Si alzò e indossò la giacca, Leo gli tenne la mano mentre andavano verso la macchina. Quel gesto era quanto di più dolce Evan potesse ricordare. Quando arrivarono al veicolo, Evan non avrebbe voluto lasciarlo andare. La mano di Leo nella sua lo faceva stare bene, come se fosse al posto giusto.

«Ti va di venire a casa mia per bere qualcosa?» propose Leo, ma prima che Evan potesse rispondere continuò: «No, ho un'idea migliore.» Leo sollevò le loro mani unite e diede un bacio a quella di Evan per poi lasciare il contatto. «Decisamente migliore.» Evan vide il sorriso sul volto di Leo e sentì l'entusiasmo nella sua voce. Chiedendosi che cosa avesse in mente, Evan aspettò che Leo aprisse la macchina.

Presto scesero di nuovo. Leo non smetteva di sorridere mentre si dirigevano verso il lago. Leo aveva parcheggiato accanto al confine del parco. «Eravamo diretti qui?» domandò Evan sbirciando fuori in direzione dei sentieri illuminati.

«Pensavo che avremmo potuto fare una passeggiata,» disse Leo. Evan annuì e si voltò verso di lui per sorridergli.

Una volta fuori dalla macchina, Leo fece scattare la chiusura e aspettò Evan, per poi dirigerlo lungo uno dei sentieri pavimentati intorno a un prato. «Lake Park è stato progettato da Fredrick Law Olmstead, l'uomo che ha progettato il Central Park a New York,» spiegò Leo mentre il percorso proseguiva costeggiando un grande prato ornato da lampioni vecchio stile. Leo fece scivolare la mano sulla sua mentre giungevano a una zona con degli alberi, sopra di loro c'era una vecchia lanterna. «Amo questo posto. Ci sono sorprese nascoste dietro a ogni angolo.»

Evan non disse nulla. Quel posto gli stava riportando alla mente dei ricordi che sarebbe stato meglio lasciare lì dov'erano. Era stato lì quando era un adolescente senzatetto, quelle curve rappresentavano un potenziale pericolo dove la gente si poteva nascondere e dove qualcuno avrebbe potuto...

«Evan, stai bene?» domandò Leo in un sussurro, smettendo di camminare. «Sembri teso e hai gli occhi spalancati.»

«Mi dispiace,» disse lui stabilizzandosi, riconoscendo l'assoluta irrazionalità nella sua reazione. «Sto bene.» Evan sorrise e sentì Leo stringergli la mano, poi ricominciarono a camminare. Il sentiero proseguì intorno a un altro prato, poi passarono in un'altra zona alberata. Apparirono dei leoni davanti a loro, poi oltrepassarono una panchina riparata da una tettoia prima che un altro gruppo di leoni li accogliesse all'inizio di un ponte pedonale.

«Questo è il posto che preferisco in tutto il parco,» disse Leo mentre si dirigevano al centro del ponte. La costruzione attraversava una piccola gola con una stradina accompagnata da altri lampioni retrò. I lati del ponte erano illuminati, ma dove erano loro era completamente buio. «Qui è piuttosto tranquillo, quasi come se non fossimo in città.»

Evan sentì la mano di Leo scivolare via dalla sua e le dita gli accarezzarono dolcemente la guancia. «Sei un uomo speciale, Evan Donaldson.»

«Come fai a dirlo?» domandò Evan, ricordandosi ciò che aveva fatto in passato. Gli anni avevano affievolito i ricordi e le sensazioni, ma non era mai riuscito a dimenticare del tutto, in momenti come quello avrebbe voluto riuscirci. «Ci siamo conosciuti solo oggi.»

«Lo so,» sussurrò Leo con dolcezza accarezzandogli una guancia con il palmo della mano. Evan chiuse gli occhi, concentrandosi su quel tocco come un gatto. Quella mano calda sulla pelle, quel tenero contatto, erano tutto ciò che aveva voluto. Un'altra mano si unì alla prima, avvolgendo il suo volto in un dolce calore. Sentiva il respiro caldo dell'uomo sulle sue labbra, Evan non si mosse, non aprì gli occhi, si limitò ad aspettare. Le labbra di Leo si appoggiarono sulle sue in un bacio leggero, erano calde, umide e morbide. Evan si sporse in avanti intensificando il bacio, facendo capire a Leo quanto gradisse e – diamine – quanto lo volesse. Evan sentì le labbra dell'altro allontanarsi e aprì gli occhi, incontrando lo sguardo dell'uomo illuminato dalla luce riflessa da sotto. Rimasero a fissarsi l'un l'altro per secondi, forse ore, Evan non ne aveva idea. Poi vide

Leo avvicinarsi, Evan chiuse di nuovo gli occhi mentre l'altro lo tirava verso di sé per trascinarlo in un bacio pieno di una passione che poteva sentire anche contro il fianco.

Leo lo desiderava, non c'erano dubbi. Non si poteva fingere, era evidente, Evan fu quasi sul punto di assecondarlo. Il suo cervello gli urlava di lasciarsi andare, di lasciare che quella passione in corpo avesse la meglio su di lui. Quando il bacio si fece più gentile e Leo si tirò indietro, Evan si ritrovò costretto a riprendere fiato, inspirando profondamente l'aria fresca della sera. «Wow,» mormorò piano, guardando Leo negli occhi e capendo di non essere l'unico a sentirsi in quel modo. Senza parlare, Evan fece scivolare le braccia dietro al collo di Leo, costringendo l'uomo leggermente più alto ad abbassarsi. Lo baciò intensamente e sentì le labbra dell'altro schiudersi. Insinuò la lingua tra di esse ed esplorò la bocca incandescente di Leo mentre entrambi si lasciavano sfuggire qualche gemito. Leo aveva il gusto del paradiso ed Evan non era sazio.

Nel loro bozzolo di legno furono raggiunti dalle voci di un'altra coppia, Evan interruppe il bacio e fece un passo indietro, aveva le labbra formicolanti. Si stavano dirigendo verso di loro. Leo prese Evan per mano e quest'ultimo si costrinse a muovere le gambe giù dal ponte e verso il sentiero serpeggiante.

Il percorso seguì una curva simile a un cerchio che li riportò indietro lungo il confine del parco, non lontano da grandi case appena oltre la strada. Il cuore di Evan continuò a battere all'impazzata per tutto il tragitto, la sua attenzione era concentrata sul tocco della mano di Leo e sui rari contatti fisici che si scambiavano. Evan non voleva tornare alla macchina, ma cominciavano a sentire freddo nonostante le giacche e una volta giunti a destinazione avevano già sentito dei brividi freddi sulla pelle. Leo aprì la portiera, Evan scivolò sul sedile mentre l'altro metteva in moto premendo dei pulsanti sulla console. Dopo non molto la macchina si riempì di calore mentre Leo percorreva la strada del parco, passando sotto al ponte dove si erano baciati. Senza pensarci, Evan si sfiorò le labbra formicolanti con un dito.

Il tragitto continuò lungo il lago, poi procedettero verso le colline. Leo svoltò nella strada in cui abitava Evan e parcheggiò di fronte al suo palazzo. «So di aver parlato di bere qualcosa a casa mia, ma credo che dovremmo andarci piano,» disse Leo con dolcezza mentre il sedile di pelle scricchiolava sotto il suo corpo. «Ti chiamo domani, va bene?» Evan annuì, deglutendo quando Leo si fu avvicinato. «Se sei d'accordo, mi piacerebbe uscire con te sabato. Potremmo andare a sentire l'orchestra sinfonica e andare a cena.» Le labbra di Leo impedirono a Evan di accettare quella proposta, ma dopo il bacio Leo sembrò capire la risposta. Evan uscì dalla macchina, chiuse la portiera ed entrò nel palazzo. Restò nell'atrio guardando Leo mentre metteva in moto, poi schiacciò il pulsante per chiamare l'ascensore.

Evan aprì la porta di casa ed entrò. Si chiuse la porta alle spalle e sprofondò sul divano con un sorriso sul volto. Prima non sapeva cosa aspettarsi, ma di sicuro non avrebbe mai immaginato di tornare a casa sentendosi in quel modo. Guardò l'orologio e capì di dover andare a letto, ma si sentiva troppo pieno di energia. Accese la televisione, si tolse le scarpe e cominciò a guardare quello che trovò mentre ripensava a Leo.

Il suo telefono suonò sul tavolo, Evan lo prese ancora con il sorriso sulle labbra, immaginando che fosse Leo. «Ehi,» disse, senza mutare espressione.

«Evan, sei tu?» domandò una voce familiare. «Sono Clay.»

Il sorriso si affievolì un poco. «Ehi, scusa, credevo fosse qualcun altro. Cosa mi racconti? Non ci sentiamo da un po'.» Evan stava facendo il finto tonto.

«Ti ho chiamato per dirti che mi sto per sposare.» Clay sembrava eccitato, ma non molto. Pareva comportarsi in quel modo solo perché era ciò che avrebbe dovuto fare. Evan, però, non era oggettivo.

«Fantastico!» Evan cercò di mostrare un po' di entusiasmo fasullo. «Sai già la data?»

«No,» rispose Clay. «A Sheila manca ancora un anno per finire la scuola di legge, quindi aspetteremo che lei si laurei e che trovi un lavoro. Ma gliel'ho chiesto ieri, e ha detto sì!»

Evan avrebbe voluto riempirlo di domande, tutto ciò che aveva chiesto a se stesso prima, ma si trattenne. Era tutto passato ed era meglio così. «Quindi hai un lavoro?» Sapeva già la risposta, ma non c'era bisogno di dire a Clay che aveva parlato con Dex.

«Sì. Lavorerò a Milwaukee per un po' e mi chiedevo se volessi rivedermi, quando sarò lì. Non conosco molta gente, e spero di poterti rivedere.» Dalla voce di Clay era sparita un po' di eccitazione.

«Sarebbe fantastico. Non siamo riusciti a tenerci in contatto, quindi abbiamo un bel po' da recuperare.» Una parte di lui era entusiasta al pensiero di rivedere Clay, un'altra parte avrebbe preferito evitare. Quell'uomo stava per sposare una donna, dopotutto. Quello era sufficiente. Ma Clay era anche uno dei suoi migliori amici o, se non altro, lo era stato.

«Lo so, e mi dispiace molto. La scuola ha impegnato gran parte del nostro tempo, ma ora possiamo fare qualcosa. Ev, sei uno dei miei migliori amici e mi sei mancato.» Per un istante, Evan si chiese se Clay non avesse bevuto.

«Anche tu mi mancato.» Era così, e se Clay avesse voluto mantenere l'amicizia avrebbe potuto gestire la cosa. Erano stati amici per anni vivendo insieme a scuola, Evan era certo di poterlo fare di nuovo. Era un adulto ora, con una vita e – si sperava – qualcuno a cui piaceva e che lo desiderava. Sì, era troppo presto per contare troppo su Leo, ma erano usciti e la cosa poteva andare avanti. «Quando verrai in città?»

«Questo fine settimana. Mi piacerebbe vederci sabato sera per bere qualcosa. Possiamo fare due chiacchiere e puoi raccontarmi della scuola dove insegni.»

«Non posso, sabato. Ho un appuntamento, ma potremmo vederci domenica pomeriggio.» Sorrise ripensando a Leo.

«Certo, domenica va benissimo,» rispose rapido Clay, quasi troppo rapido. «Ora hai il mio numero. Perché non mi chiami tra qualche giorno? Così decidiamo dove incontrarci.»

«Sheila verrà con te?» Non era sicuro di volerla incontrare, ma non avrebbe neppure cercato di evitarla.

«No, non può permettersi di allontanarsi troppo dalla scuola, quindi sarà una serata tra uomini.» A Evan non sembrava troppo dispiaciuto, ma dopotutto non era affar suo. Per quanto potesse pensarci, e ci aveva pensato per gran parte del giorno, Evan sapeva come erano andate le cose e non importava nient'altro. Clay non poteva ignorare ciò che avevano fatto e come si era sentito. Se Clay voleva sposare una donna era affar suo, lui doveva restarne fuori. Era un amico, ma nulla di più. Inoltre, nonostante tutto, avrebbe rivisto il suo migliore amico. Quella era una buona cosa. Chi avrebbe mai potuto dirlo? Un possibile fidanzato e il suo migliore amico, tutto durante un solo giorno: non era andata male.

«Ottimo, ti chiamerò venerdì e ti faccio sapere dove ci vediamo.»

«Grazie, Ev,» disse Clay con una chiara nota di tristezza nella voce prima di chiudere la chiamata.

Evan rimise il telefono sul tavolo e spense la televisione. Preparò la borsa per la scuola, si era già occupato del pranzo quindi poteva concedersi un paio di minuti in più prima di uscire. Era tardi e al mattino avrebbe avuto lezione, così si sbrigò a sistemarsi per la notte e si mise a letto. Chiuse gli occhi e lasciò che la sua mente vagasse libera. Fin dai tempi del liceo, Clay aveva sempre avuto un ruolo da protagonista nelle sue fantasie, ma quella sera non riusciva a vedere il suo volto. Sapeva solo come lo stava facendo sentire.

CAPITOLO
CINQUE

SABATO, grazie a Dio era sabato. Nessuno studente, solo un giorno di pace e tranquillità. Era ciò che pensava Evan fino a quando il telefono non cominciò a squillare appena fu uscito dal letto «Pronto?» rispose, non del tutto sveglio, trascinandosi verso la cucina.

«Evan, sono Leo.» C'era qualcosa di strano, Evan si chiese cosa stesse succedendo. «Ho bisogno di parlarti. Ti va bene se vengo da te?» Evan guardò l'orologio, chiedendosi che diavolo di ora fosse.

«Certo,» disse istantaneamente, pur restando all'erta. «Scusa, ho il caffè sul fuoco.»

«Grazie,» rispose Leo prima di chiudere la chiamata.

Rimettendo il telefono a posto, Evan lo guardò, chiedendosi cosa stesse succedendo. Durante i diciotto mesi di frequentazione, non aveva mai ricevuto una chiamata di quel tipo da Leo, mai. Subito, la sua testa cominciò a pensare a cosa potesse essere accaduto. Il suo primo pensiero fu che fosse capitato qualcosa a suo padre. Sperava che fosse tutto a posto. Beh, l'avrebbe scoperto presto.

Erano cambiate molte cose da quando aveva conosciuto Leo. Si era trasferito in un appartamento più grande con una seconda stanza da letto, sempre nello stesso edificio. Usava l'altra stanza come ufficio. Avere un posto dove sistemare e catalogare tutto il necessario per il lavoro rendeva la vita molto più semplice, anche perché prima teneva i fogli divisi per pile, sul tavolo. Con l'appartamento più grande era arrivato anche un bagno migliore, che apprezzava ogni giorno. Dopo essersi lavato, Evan tornò in camera da letto, indossò un paio di jeans e una maglietta per poi andare in cucina a preparare la colazione. Da quando Leo era entrato nella sua vita, Evan preparava per due e cucinava i piatti preferiti di Leo: bacon e french toast. Aveva cominciato a preparare il bacon mentre sbatteva le uova e preparava il pane, quando sentì Leo alla porta. «È aperto,» disse mettendo il bacon sui tovaglioli. «Spero che tu sia affamato.» aggiunse quando Leo arrivò in cucina. «Che succede?»

«Ho bisogno di parlarti. È importante.» Leo sembrava molto serio a giudicare dalla sua espressione e dai suoi occhi.

«Va bene,» disse Evan spegnendo il fuoco e seguendo Leo in soggiorno. Prese posto sul divano, all'angolo. «Di cosa vuoi parlarmi? Stanno tutti bene?»

«Sei sempre così, sempre preoccupato per gli altri.» Leo sospirò. «Tutti gli altri stanno bene, per quanto ne so. Ti voglio parlare di altro.»

Evan lo osservava mentre continuava a percorrere la stanza da una parte all'altra. «Dillo, Leo. Qualsiasi cosa sia, dillo,» lo incitò Evan con enfasi. «Non può essere nulla di tanto terribile.»

«Evan, credo che non dovremmo vederci più,» esordì Leo guardando ovunque ma senza volgersi verso Evan. «Sei una brava persona, ma vorrei qualcosa di diverso. Hai fatto richiesta per l'adozione e l'idea di crescere un bambino mi spaventa a morte. So che i figli sono qualcosa che vuoi con tutto te stesso, lo rispetto, ma non è qualcosa che voglio anche io.»

«Perché non ha mai detto nulla?» Evan si sentì attaccato alle spalle. Avevano parlato dei bambini fin dal loro primo appuntamento e Leo non aveva detto nulla. «Hai avuto molte possibilità.»

«All'inizio ho creduto che fosse un capriccio, poi hai continuato a parlarne. So che avrei dovuto dire qualcosa, ma sei andato dritto per la tua strada compilando i moduli, poi c'è stato il trasferimento in un appartamento più grande, non volevo distruggere il tuo sogno. Eri felice ed eccitato mentre io diventavo sempre più terrorizzato. L'idea di fare il genitore mi spaventa a morte, è semplicemente qualcosa che non voglio fare.»

Evan continuava a fissare il muro oltre Leo. Non se lo aspettava. Non aveva mai avuto un segno. Per quanto ne sapeva, stava andando tutto bene. Erano andati fuori a cena appena pochi giorni prima. Leo aveva passato la notte da lui e avevano anche fatto l'amore. «Da quanto tempo ci pensavi?» Evan rabbrividì pensando d'aver dormito con qualcuno che, in fondo, neanche conosceva.

«Da un po',» rispose Leo a voce bassa. «Ho provato a dirtelo la scorsa settimana ma non ci sono riuscito.»

«Lo sapevi già questo giovedì, quando siamo usciti e tornati qui.» Evan sentiva la rabbia farsi strada nella sua testa. «Hai fatto l'amore con me e sapevi che mi avresti lasciato! Cos'ero per te? Un gioco?»

«No, Evan, nulla del genere. Tengo a te ed è sempre stato così. È ancora così. È solo che vogliamo cose diverse, non posso essere parte di ciò che vuoi, ora.» Sentì la mano di Leo sulla guancia. «Sarò sincero, sei un uomo dolcissimo e sarai un ottimo padre, ma non posso intraprendere questo viaggio con te. Non che tu mi volessi con te, certo.»

Evan scattò in piedi. «Cosa vorresti dire? Ti amo, Leo, e pensavo di costruire una vita con te. Ora so che non sei interessato, bene, ma non cominciare a fare supposizioni su ciò che voglio e non voglio!» Evan guardò Leo, che si limitò a fare spallucce. «Perché l'hai detto?»

«Perché,» cominciò Leo, ricambiando l'occhiata di Evan, «da quando abbiamo cominciato a uscire, sembrava che la nostra relazione fosse tra me, te e Clay. Appena mi giravo, tu andavi da qualche parte con Clay, oppure lui veniva qui.»

«Clay è il mio migliore amico. Ci conosciamo da quando eravamo compagni di stanza al liceo. È come un membro della mia famiglia.» Evan scosse la testa. «Quindi, stai dicendo che non posso avere amici!» Si rese conto di aver urlato e prese un respiro profondo. «Mi dispiace che tu ti senta in questo modo, non me ne ero reso conto.» Evan cominciò a farsi indietro. Non serviva a nulla discutere, non sarebbe cambiato niente. «Ti ho voluto bene, Leo,» mormorò. «Davvero.» Evan cominciò a sentire un tremore alle gambe e tornò sul divano. Il dolore lo stava già struggendo ma era costretto a trattenersi dallo scoppiare in lacrime. L'avrebbe fatto una volta solo.

«Mi dispiace, Evan, davvero,» disse Leo inginocchiandosi di fronte a lui. «Anche io avrei voluto che funzionasse.» Evan sentì la mano di Leo toccare la sua per appena un secondo, sentì un'ondata del calore che avevano sempre condiviso fino a quando la mano non scivolò via, Leo si alzò. Non si voltò. Pochi secondi dopo, sentì la porta d'ingresso aprirsi e chiudersi. Boccheggiando in cerca di aria, Evan prese un fazzoletto e si lasciò cadere sul divano mentre le lacrime cominciavano ad arrivare copiose. Non provò a trattenerle, stava piangendo per l'ennesima persona che l'aveva lasciato.

«Dannazione!» urlò Evan dando un pugno a un cuscino. Aveva davvero pensato di poter restare per sempre con Leo. Era sempre stato buono, premuroso, si era sentito la persona più importante del mondo. Ma, forse, Evan non era riuscito a far sentire Leo allo stesso modo. Si mise a sedere, lentamente, si asciugò gli occhi e tirò su con il naso qualche volta prima di alzarsi. Non serviva a niente piangere come un idiota.

Tornando in cucina, Evan vide i resti della colazione che aveva preparato per Leo: il bacon ormai freddo sui tovaglioli di carta e il preparato per il french toast nella ciotola. Non sapendo cos'altro fare, Evan accese il fornello. Una volta che la padella si fu scaldata, Evan mise via i piatti preparati per Leo e finì di preparare la colazione.

Seduto al tavolo, Evan fissò il cibo per poi spingere via il piatto. Qualcuno bussò alla porta e fu una scusa per non mangiare, non aveva proprio fame. Si portò la tazza di caffè in modo da avere qualcosa in mano e andò ad aprire. «Evan!» strillò la sua vicina, eccitata «Hai del latte? Stavo provando la tua ricetta per i french toast e...» l'eccitazione di Wendy svanì non appena vide il tavolo. «Scusa, ti ho interrotto,» aggiunse, guardando la stanza. «Leo è qui?» chiese, ed Evan scosse la testa tornando nell'appartamento, seguito da Wendy, chiudendo poi la porta. «Va tutto bene?»

«No,» rispose lui, seduto sul divano, quasi rischiando di far traboccare la tazza mentre prendeva posto.

«Cos'è successo?» domandò Wendy prendendo posto accanto a lui. Evan notò che lei era ancora in accappatoio e pantofole, non che fosse molto importante.

«Leo.» Fu tutto ciò che riuscì a dire prima di scoppiare in lacrime. Lei lo abbracciò stretto mentre lui cercava di tornare in sé.

«Lo so, Evan, lo so,» gli cantilenò la ragazza all'orecchio. Lei lo sapeva. Wendy si innamorava sempre e sembrava una di quelle persone destinate a vivere con il cuore infranto. Evan aveva dovuto affrontare un certo numero di rotture, ma non si sarebbe mai aspettato una scena del genere. «Gli uomini sono tutti dei maiali,» mormorò Wendy, ripetendo a pappagallo ciò che Evan le aveva sempre detto. Per un istante riuscì anche a farlo sorridere. «Che mi dici?» domandò. «Lascia che vada a vestirmi e questo pomeriggio tornerò con un po' di gelato e abbastanza cazzate per farci andare in coma glicemico. Guarderemo vecchi film e roba del genere fino a quando il cervello non ci uscirà dalle orecchie.» Wendy riusciva a suggerire un'immagine in testa come nessun altro che Evan avesse mai conosciuto, come ogni volta lo fece sorridere.

«Grazie, Wendy,» mormorò Evan asciugandosi gli occhi con un fazzoletto. «Mi farebbe piacere.»

«Non è nulla,» disse con un sorriso, stringendo un ginocchio a Evan prima di alzarsi. «L'hai fatto un sacco di volte per me.» Evan si voltò e la vide uscire dall'appartamento.

Restò seduto sul divano fissando i muri mentre il suo caffè diventava freddo. Visto che tutto ciò non era d'aiuto, Evan si alzò e andrò a sbarazzarsi della colazione. Pulì la cucina, poi cominciò a vagare nell'appartamento. Prese qualcuno dei compiti degli alunni, provò a lavorare ma non ci riuscì. Era troppo distratto, quindi rinunciò e accese la televisione attendendo il ritorno di Wendy e il loro pomeriggio anti-uomini.

Qualcuno bussò energicamente alla porta ed Evan sobbalzò. Abbassò il volume della televisione e andò ad aprire. Clay si precipitò nell'appartamento. «Non si risponde al telefono? Ho chiamato tre volte.»

«Non ha suonato.» Evan camminò fino al tavolo e prese il telefono spento. «Devo aver dimenticato di ricaricarlo.» Evan andò in cucina e collegò l'apparecchio alla spina. «Cosa c'è di tanto importante?» domandò una volta tornato da Clay.

Il suo amico si era tolto il cappotto e l'aveva appoggiato allo schienale del divano. «Hai un aspetto orribile.»

«Grazie mille.»

«No,» disse Clay abbassando il tono di voce, «intendo che è successo qualcosa, ma cosa?» Evan ricordava quel tono di voce. Gli tornò in mente il giorno in cui aveva detto a Clay di Fratello Renier. Quel giorno aveva usato lo stesso tono pieno d'affetto.

«Leo mi ha lasciato questa mattina, quindi perdonami se non sono lo splendore di sempre,» gli comunicò Evan stizzito. «Scusa,» disse quasi subito, «non è colpa tua. Mi sento solo un po' ferito.»

Evan si ritrovò stretto in un caldo abbraccio. «Mi dispiace. So quanto contasse per te.» disse Clay con dolcezza, confortandolo come aveva fatto anni prima. Per un istante si sentirono di nuovo alla St. Bart. «Andrà tutto bene, lo sai,» gli disse Clay. Evan sentì una mano accarezzargli i capelli con dolcezza mentre l'altro sospirava. Per un istante, Evan si concesse di pensare che Clay stesse inspirando il suo profumo, proprio come stava facendo lui. Era una colonia delicata con un odore muschiato e una nota di sapone e di pulizia, la sua mente vacillava. Ne aveva sentito la mancanza troppo a lungo. Chiuse gli occhi e si lasciò trasportare indietro fino alla loro piccola stanza con due letti, una stanza che, nella sua mente, avrebbe sempre avuto l'odore di Clay. Evan accettò quel conforto che gli stava offrendo il suo amico, godendosi la sensazione di essergli così vicino. Quasi istantaneamente, tutti i suoi desideri si stavano facendo di nuovo vivi.

Si fece indietro, lentamente, e guardò Clay negli occhi: per un istante rivide quello sguardo che il compagno di stanza gli aveva rivolto quell'ultima notte a scuola anni addietro. Era stata la prima e l'unica volta che qualcuno l'aveva guardato con una tale intensa passione. Quello sguardo era inciso nella sua mente. Non certo d'aver visto bene, Evan sbatté le palpebre e non vide più nulla. Fece un passo indietro e prese un respiro profondo, spostò lo sguardo, da Clay a qualsiasi altra cosa nella stanza. Leo l'aveva appena lasciato e lui provava già desiderio per il suo migliore amico. Non andava bene. Clay era il suo migliore amico ed era fidanzato, stava per sposarsi. Inoltre lei era quella stronza frigida di Sheila, la regina dei ghiacci. Che cosa Clay vedesse in lei, Evan non l'avrebbe mai capito, ma restava comunque la sua ragazza. «Scusa, Clay,» borbottò lui, «Sono un po' messo male al momento.» Evan tirò fuori un fazzoletto dalla scatola e si soffiò il naso, poi prese un respiro profondo. «A ogni modo, dubito che tu sia venuto qui per me e Leo. Che succede?»

«Ho ricevuto una chiamata dall'ufficio per le adozioni, inoltrata al mio ufficio, questa mattina. Hanno un bambino per te. Ha appena compiuto quattro anni e i suoi genitori sono morti in un incidente d'auto qualche settimana fa. Vorrebbero affidarlo a te, poi potrai decidere se adottarlo. Il discorso è questo, vorrebbero portarlo in una casa il prima possibile. Lo porterebbero questo pomeriggio.»

Evan sentì il cuore rimbalzargli nel petto. «Oggi? Vogliono portarlo qui oggi?» Non era sicuro di potercela fare; quel colpo l'aveva distrutto.

«Sì. E sei assolutamente perfetto per questo bambino. Sai che cosa ha passato e gli darai l'amore e le cure di cui ha bisogno... so che lo farai.»

Evan si asciugò gli occhi, pensando a quel ragazzino che stava passando a quattro anni ciò che lui aveva passato a quindici. Lui aveva avuto molte difficoltà, non poteva immaginare come potesse farcela un piccolino come quello. «Non ha altri membri della famiglia?» Evan prese un altro fazzoletto.

«Sì, ma non vogliono o non possono badare a lui.» Clay tirò fuori il telefono dal cappotto. «Cosa devo dire?»

«Che non vediamo l'ora di conoscerlo,» rispose Evan, ancora confuso da tutte quelle emozioni. Ma dopotutto, al diavolo Leo e tutto il resto. Stava per avere ciò per cui si era impegnato e ciò che voleva. Solo perché il suo ex l'aveva scaricato, non era il caso di negare una casa a un bambino.»

«Oh, Dio, Wendy,» disse Evan aprendo, trovandola di fronte alla porta pronta per bussare con una borsa tra le mani.

«Che succede?» domandò lei, entrando. Spostava lo sguardo da Evan a Clay. «È successo qualcos'altro?»

«Puoi dirlo forte. I guai non vengono mai soli. Clay mi ha detto che c'è un bambino che ha bisogno di una casa e...»

Wendy sorrise e mise la borsa sul tavolino da caffè. «Pare che tu abbia di meglio da fare che abbuffarti e guardare film.»

«Mi dispiace, ma...»

Invece di infuriarsi come Evan aveva temuto, Wendy lo abbracciò. «Leo è stato un completo idiota a lasciarti andare. Se tu fossi stato etero, non ti avrei mai lasciato andare.» La ragazza sciolse l'abbraccio e riprese la borsa. «Lo penso davvero, Evan. Sei uno degli uomini migliori che abbia mai conosciuto.» Wendy sorrise di nuovo. «Vai a prenderti tuo figlio.»

«Me lo lasceranno solo temporaneamente,» chiarì Evan.

Wendy sembrò non credere a quelle parole, scosse la testa mentre si dirigeva alla porta. Aprendola, sorrise ancora una volta. «Non ci credo neanche per un secondo,» disse, per poi chiudersi la porta alle spalle.

Voltandosi, Evan vide Clay concludere una telefonata. «Saranno da noi tra due ore, abbiamo del lavoro da fare.»

«Lavoro?» Evan si chiese che cosa intendesse Clay.

«Una delle condizioni è che Nicolas abbia la sua stanza. La stavi progettando, ma devi togliere la scrivania e sistemare il letto e la cassettiera. Sarebbe anche bello se la camera assomigliasse a quella di un ragazzino.»

«Lo so, ma fino a ora non sapevo nemmeno se mi avrebbero dato un maschio o una femmina.»

«Ora lo sai.» Clay si diresse a grandi passi verso la porta. «Tornerò tra qualche minuto. Togli la scrivania dalla stanza e ti aiuterò a sistemare il resto.» Le parole riuscirono a malapena a raggiungere il suo orecchio, Clay se ne stava già andando.

La testa gli girava, Evan cercò di non pensare a Leo, nemmeno all'essere sul punto di diventare padre, a niente. Era tutto troppo per un giorno solo. Forse non era una buona cosa, dopotutto. Si diresse alla seconda camera e tolse la scrivania – grazie al cielo aveva le rotelle – e scollegò lampada e computer. La spinse lungo il corridoio e la mise in un angolo della camera.

Era uno spazio un po' ristretto, ma al momento poteva andar bene. Attaccando di nuovo tutte le spine, guardò la sua stanza e spostò il letto in modo da avere più spazio tra esso e la scrivania.

Cominciava a sentirsi travolto da una nuova energia che stava spazzando via i suoi dubbi. Posizionò la cassettiera bianca contro il muro, sotto la finestra, poi si mise al lavoro per costruire il letto. La porta d'ingresso si aprì e si chiuse mentre aveva finito la struttura del letto. Clay entrò barcollando nella stanza, portando una scatola che sembrava avere l'aria di spezzare la schiena. «Cos'è tutta questa roba?» domando Evan, aiutando Clay a posare la scatola.

«Quando non riuscivo a chiamarti, ero già per strada, così mi sono fermato da Target. Sapevo bene che qui non avevi molto, così ho preso qualcosa.» Clay cominciò a tirare fuori gli acquisti dalla scatola. «Spero che a Nicolas piacciano le barche.» disse tirando fuori una lampada dalla forma di una barca a vela, con la chiglia bianca e le vele blu e rosse. «Ho anche delle lenzuola.» Le porse a Evan, che le fissò incredulo, stentava a credere a quanto Clay fosse premuroso.

«Non dovevi farlo,» disse Evan mentre Clay tirava fuori un tappeto con una barca a vela che faceva il paio con la lampada, stendendolo sul pavimento di legno.

«Sono solo un paio di cose per abbellire la stanza,» rispose Clay, ma Evan pensava che non fosse solo quello. Il suo ex compagno di stanza si stava di nuovo prendendo cura di lui come aveva fatto quando andavano a scuola. «Finiamo di preparare il letto,» ordinò Clay con un sorriso prima di tirar fuori una trapunta con sopra delle navi stilizzate.

«Cos'altro c'è lì dentro?» domandò Evan, pensando che quella scatola potesse essere come la borsa di Mary Poppins, chissà cos'altro poteva apparire.

«Abbiamo finito,» annunciò Clay, aiutando Evan a fare il letto prima di controllare la stanza. «È un po' spoglia, ma per ora va bene. Potrebbe portare anche qualcosa di suo.»

«Grazie, Clay,» disse Evan, deglutendo e prendendo un respiro profondo. Dannazione, quel giorno era particolarmente emotivo. Sapeva il perché, ma non era d'aiuto. «Dovremmo andare,» disse a Clay, cercando di ignorare le emozioni. «Come potevi sapere che avrei detto sì?» Diamine, ci voleva uno sforzo notevole per mantenere un tono di voce abbastanza neutro.

«Non sapevo di te e Leo e, per la cronaca, vorrei uccidere quel fallito per averti lasciato, ma ti conosco, sai? Non saresti stato capace di dire di no a un bambino che sta passando ciò che hai passato tu.» Clay mise via la scatola. «Andiamo a prendere tuo figlio,» disse, determinato, prima di lasciare la stanza.

«Clay,» lo chiamò Evan seguendolo, «Cazzo, Nicolas non lo conosco neppure. E se non gli piacessi? E se decidessero di darlo a qualcun altro?»

«Ho già pensato a tutto. Sono un avvocato, ricordi? Nicolas non ha genitori o parenti che se ne possono occupare. Ha bisogno di una casa e tu puoi dargliela, quindi a meno che non sia tu a non volerlo, non accadrà nulla del genere.» Clay si fermò e Evan lo vide avvicinarsi troppo rispetto al normale. «E per il resto, ti amerà come ti amo io.» Clay si diresse verso la porta, Evan restò pietrificato fissando l'altro, chiedendosi se si fosse reso conto di ciò che aveva detto.

Evan prese una giacca e spense le luci per poi seguire l'altro nel corridoio. Chiuse la porta e si diressero all'ascensore, Evan stava ancora rimuginando sulla dichiarazione di poco prima.

«La mia macchina è da quella parte,» disse Evan quando raggiunsero il marciapiede.

«Lo so,» rispose l'amico, camminando nella direzione opposta, «e la mia è da questa parte, e ho il seggiolino.» Clay gli mandò un sorriso d'intesa, Evan si unì a lui in direzione della macchina.

Trovarono moltissimo traffico in centro, pareva anche che riuscissero a beccare ogni semaforo rosso. «Allora, tu e Sheila avete deciso una data per il matrimonio?» Clay scosse la testa, spingendo la macchina verso l'incrocio per poi fermarsi a un altro semaforo. «Ci sono problemi?"

All'inizio, Evan pensò che Clay non volesse rispondere, ma poi si voltò verso di lui, pareva angosciato. «Non lo so. Da quando le ho fatto la proposta, non ne abbiamo più parlato. Sta ancora portando l'anello ma qualcosa non va. Ha finito la scuola di legge lo scorso inverno e ha trovato lavoro a est, io ho il mio lavoro qui.» Clay si grattò la testa, sembrava confuso. «Pensavo che avrebbe cercato un lavoro qui in modo da poter stare insieme, ma non è accaduto.»

«Devi parlarle., suggerì Evan, che in realtà era ben più che felice nel sapere che le cose tra lui e la regina dei ghiacci non andassero bene, pur essendo un po' triste per ciò che stava passando Clay. L'avrebbe voluto vedere felice.

«Lo so,» sospirò Clay. «Sono stato occupato.» Evan avrebbe avuto tanto da dire. Avrebbe voluto scuoterlo fino a fargli vedere le cose per il verso giusto o, ancora meglio, baciarlo. Cercò di restare calmo mentre arrivarono a destinazione.

Camminando nell'edificio diretti all'ufficio dell'assistente sociale, Evan sentiva un milione di farfalle nello stomaco. «Sono nervoso.»

«Non esserlo. La parte difficile è già passata.» Clay cercò di essere incoraggiante senza però riuscirci.

Evan si fermò e guardò Clay come uno stupido. «Quelli erano solo pratiche e burocrazia,» brontolò. Era un insegnante, ne aveva passate di peggiori. «Questa è la parte difficile, incontrare qualcuno che potrebbe essere parte della tua vita per sempre.»

«Scusa,» gli rispose Clay. «A volte mi lascio spaventare da quelle cazzate legali. È un rischio del mestiere. E hai ragione.» Clay si fermò fuori da un ufficio. «Fai un respiro profondo e rilassati. Margaret vuole il meglio per Nicolas,» spiegò a Evan, guardandolo negli occhi, «e il meglio per quel bambino sei tu. Non dubitarne, perché io ne sono sicuro.»

«Come fai a esserlo?» domandò Evan in un sussurro.

«Perché sei la persona migliore che abbia mai conosciuto.» Clay lo guardò per qualche secondo, Evan avrebbe voluto vedere quello stesso sguardo tutti i giorni della sua vita. «Lo credo davvero.»

Evan annuì, ricominciando a respirare. Clay girò il pomello e aprì la porta dell'ufficio.

«Signor Donaldson?» chiese una donna di mezza età accanto alla scrivania mentre entrava. «Sono Margaret Henderson», disse con un sorriso appena accennato. «Credo di averla già incontrata durante uno dei suoi colloqui.»

«Sì.» Evan fece un passo avanti. «Lieto di incontrarla di nuovo.» Le strinse la mano e andò a sedersi nel posto da lei indicato mentre Clay si accomodava accanto. Lei si appollaiò sul bordo della scrivania. «Nicolas è arrivato da noi qualche settimana fa, quando i suoi genitori sono morti in un incidente,» spiegò Margaret «Abbiamo provato a mandarlo dai suoi parenti, ma nessuno di loro era adatto, a voler essere gentili.»

«Clay mi ha detto tutto prima,» disse Evan annuendo.

«È importante che lei capisca di dover avere a che fare con un bambino traumatizzato. L'abbiamo affidato temporaneamente e non è stato molto reattivo, non che si possa biasimare. Voglio che lei sappia cosa aspettarsi.» Lo guardò come per valutarlo e disse, «Durante il colloquio a cui ho presenziato, ha parlato della morte dei suoi genitori e questo mi ha colpita.»

«Posso vederlo?» domandò Evan, nervoso.

«Certo.» La donna si tirò su. «È al nostro asilo.»

Evan si alzò, seguendo Margaret fuori dall'ufficio e nell'atrio dell'edificio, notando qualche luce accesa. «Ci sono molte persone che lavorano il sabato?» chiese, curioso.

«Una delle cose che si imparano in fretta facendo questo tipo di lavoro...» Margaret si fermò e lo guardò «... è che i bambini hanno bisogno di aiuto indipendentemente dal giorno della settimana.»

«Capisco, mi creda,» disse Evan per poi aggiungere, «E bisogna aiutarli uno alla volta. A volte, a scuola, si può insegnare all'intera classe, ma ogni studente apprende in maniera diversa. Credo che sia lo stesso per voi. Creiamo dei programmi per aiutare, ma ogni bambino è diverso.» Evan sperò di non sembrare un idiota. Era teso, si sentiva fuori luogo.

Margaret sorrise e cominciò a camminare di nuovo. «Non c'è motivo di essere nervoso,» disse, voltandosi verso Clay per rivolgergli un sorriso. Evan si chiese che cosa significasse, ma prima che potesse chiedere si fermarono davanti a una porta, sbirciò all'interno. «Nicolas è il biondino seduto da solo al tavolo accanto al muro.»

«Sembra che stia colorando,» disse Evan a voce bassa, come se la sua voce potesse disturbarlo. Sentì un brivido lungo la schiena e si voltò verso Clay in cerca di rassicurazioni.

Il suo migliore amico gli sorrise e annuì lentamente. «Entra e salutalo.»

Evan aprì la porta ed entrò, tutti i bambini lo guardarono smettendo di giocare, tutti a parte Nicolas, che restò concentrato su ciò che stava facendo. Margaret andò a un tavolo dove uno degli adulti stava osservando la scena. Evan la notò a malapena, la sua attenzione era tutta per Nicolas. Camminando lentamente verso il tavolo, Evan prese posto in una sedia a misura di bambino mentre Nicolas colorava. «Sono Evan. Tu come ti chiami?»

«Nicolas.» rispose il bambino, a malapena alzando lo sguardo da ciò che stava facendo.

«Cosa stai disegnando?» domandò Evan tranquillo. Nicolas lo guardò, i suoi grandi occhi azzurri arrivarono dritti al cuore di Evan. Mandando un'occhiata a Clay, Evan cercò di calmarsi e poi indicò una figura sul foglio. «Chi è?»

«Mamma,» rispose Nicolas prima di tornare a concentrarsi sul disegno. «Questo è papà.» Evan sentì gli occhi umidi e si voltò per asciugarli. «Sono in paradiso ora, starò in una casa fino a quando torneranno da me.»

«Nicolas...» cominciò Evan, cercando di mantenere il controllo, «Mamma e papà sono morti, non torneranno.»

Il bambino alzò gli occhi dal disegno. «Lo so. A volte mi piace fingere.» Nicolas posò il pastello, aveva gli occhi azzurri luccicanti di lacrime. «Mi mancano.»

Il labbro inferiore cominciò a tremargli. D'istinto, Evan abbracciò il bambino lasciando che piangesse sulla sua spalla.

«Lo so, ed è giusto sentire la loro mancanza. Anche loro la sentono. Non possono essere con te in questo momento, ma vegliano su di te dal paradiso.»

«Come angeli?» domandò il bimbo tirando su con il naso.

«Esatto, proprio come gli angeli.» Anche Evan tirò su con il naso mentre rispondeva. Alzando lo sguardo oltre la spalla di Nicolas, vide Clay dirigersi verso di lui e porgergli un fazzoletto per poi mettergli una mano sulla spalla. Evan lasciò piangere Nicolas dandogli tutto il tempo di cui aveva bisogno. «Vuoi vedere la signora che c'è là?»

Nicolas guardò nel punto indicato da Evan. «La signorina Margaret?»

«Sì. Mi ha chiamato oggi e mi ha chiesto se potessi darti una casa. Va bene? Ti piacerebbe venire a vivere a casa mia?» Evan sapeva che in ogni caso era una scelta di Nicolas. «Ho una stanza pronta per te,» disse Evan per poi continuare. «Ti piacciono le barche a vela?» Nicolas annuì. «Ci sono una lampada a forma di barca e un copriletto con le barche. Ti va di venire a vederli?»

Il bambino annuì lentamente, Evan lo prese in braccio e si diresse verso la donna. Sentì Nicolas muoversi, voltandosi vide Clay prendere il disegno e porgerlo al piccolo. «Chi è?» domandò il bambino dopo aver preso il disegno.

«Lui è il mio amico Clay.»

Evan lo portò fuori dall'asilo, fino all'ufficio di Margaret. «Ho un paio di cose che dovrebbe firmare e qualche domanda da farle.» Evan annuì, tenendo stretto Nicolas mentre il piccolo faceva altrettanto. Fu difficile firmare tutto in quel modo, ma Evan si rifiutava di lasciar andare Nicolas e sembrava essere un desiderio reciproco.

«C'è un asilo dove può portare Nicolas quando è al lavoro?» domandò Margaret facendo fluttuare la penna sulla cartella del bambino.

«Sì. C'è un asilo alla mia scuola.» Era sicuro di aver già dato quell'informazione.

«Passerò in settimana per vedere come vanno le cose, penso che potremmo trovare un terapista per Nicolas una volta sistematosi,» disse la donna inserendo i fogli firmati nella cartellina.

«Può venire giovedì a cena, se vuole,» disse Evan, e Margaret sorrise. «Non so cosa prepareremo, ma lei è la benvenuta.» Si alzò e la ringraziò. Le avrebbe stretto la mano ma aveva le mani impegnate. Lei sembrò capire. «Dove sono le sue cose?» domandò.

«I suoi genitori non hanno lasciato molto, ma ci sono la sua valigia e poche altre cose che porterò io.» Clay prese la valigia e si diressero alla porta. «Signor Donaldson,» lo chiamò, «grazie.»

Evan annuì. «Nicolas, saluta la signorina Margaret.» Usò di proposito il termine che aveva usato il piccolo e lo guardò mentre la salutava, strofinandosi gli occhi mentre lasciavano l'ufficio. «Clay ha preso la tua valigia e il tuo disegno. Hai fame?» Nicolas annuì senza parlare. «Dove ti piacerebbe andare? Possiamo andare dove vuoi.»

«Casa. Voglio andare a casa dalla mamma.» Nicolas appoggiò la testa sulla spalla dell'uomo e ricominciò a piangere. Evan cercò di confortarlo.

«Lo so,» fu tutto quello che riuscì a dire. Sapeva esattamente come si sentiva. «Vuoi fermarti al McDonald?» domandò Evan a voce bassa. Nicolas annuì contro la sua spalla. «Va bene.» Uscirono dall'edificio dirigendosi alla macchina di Clay. Evan sistemò Nicolas sul seggiolino e si sedette dietro con lui, Clay uscì dal parcheggio e si immise nel traffico. Ci volle un po' per via del traffico, ma riuscirono ad arrivare al McDonald prima di mezzogiorno. Il posto era affollato ed Evan tenne la mano al bambino mentre attraversavano il parcheggio.

All'interno c'era molto chiasso. Nicolas si voltò verso di lui, aveva le mani sulle orecchie e la faccia affondata sulla gamba di Evan. L'uomo lo tirò su. «Va tutto bene, è solo un po' di rumore.» sussurrò. Nicolas abbassò le mani e mise la testa sulla spalla di Evan. Ci si sarebbe potuto abituare.

«Vedi, te l'ho detto che saresti stato un ottimo padre,» mormorò Clay alle sue spalle.

«Cosa vuoi? Un Happy Meal?» domandò Evan, Nicolas annuì. «Con l'hamburger o con i chicken nuggets?»

«Nuggets,» gli disse il bambino all'orecchio tenendosi stretto al collo di Evan.

«Clay, potresti ordinare? Vorrei trovare un posto più tranquillo.»

«Certo.» Clay sorrise ed Evan attraversò il ristorante dirigendosi verso la parte posteriore, dove il rumore diminuì bruscamente.

«Va meglio?» domandò Evan una volta sistemato Nicolas sul sedile. «Cosa ti piace fare oltre a fare bei disegni?» Nicolas fece spallucce. «Ti piace andare al parco giochi?»

«Sì, mi piace l'altalena,» rispose Nicolas.

«Ti piacerebbe andare al parco, domani? Possiamo andare in altalena e tu puoi andare sullo scivolo.» Evan parlava entusiasta, ma non riuscì a contagiare Nicolas. Si limitò ad annuire e guardarlo. Quello sguardo perso riuscì a spezzare il cuore nel petto

SETTE GIORNI | *Andrew Grey*

di Evan. Clay mise il vassoio sul tavolo e mise il cibo di Nicolas davanti a lui. Il bambino cominciò a mangiare qualche patatina, guardando più e più volte la stanza.

Evan cercò di mangiare ma si ritrovò a osservare ogni movimento di Nicolas e sobbalzò quando la mano di Clay toccò la sua. «Sta bene, Evan. Ha bisogno di tempo per elaborare tutte le novità che sta vivendo.» Evan non ci credette fino in fondo ma si costrinse a rilassarsi. Guardando il vassoio che aveva di fronte, vide che Clay gli aveva preso un'insalata a basso contenuto di grassi e una Coca Cola Light. Clay gli fece l'occhiolino. «Pensi che non sapessi cosa volevi? Mangia.»

Evan si concentrò sull'insalata tenendo comunque d'occhio Nicolas, che mangiò circa metà del suo cibo. «Nicky, ti va di andare a giocare?» domandò Clay indicando la zona con tubi e palline colorate. Clay si alzò mettendo da parte il cibo e raggiunse Nicolas, che andò con lui. Evan continuò a mangiare osservando Clay che aiutava il bambino a togliersi le scarpe. Non cominciò a correre intorno come gli altri bambini, Evan si affrettò a finire di mangiare.

Attraverso la finestra vide Clay indicare delle cose, Nicolas lo guardò. L'uomo accompagnò Nicolas alle scale, tenendogli la mano mentre saliva. Una volta in cima, il bambino guardò Clay che annuì per incoraggiarlo. Evan vide Nicolas sparire dalla vista per poi ricomparire al fondo dello scivolo. E sorrise. Si sarebbe ricordato quella scena per tutta la vita. Vide Clay tirare su Nicolas, entrambi sorridevano, avrebbe voluto avere una macchina fotografica. Pescando nella tasca, Evan tirò fuori il telefono. Lasciò il tavolo e si diresse alla porta. Poteva sentire la voce di Clay dire «Puoi farcela, Nicky.»

Nicolas, più fiducioso, ormai, salì la scala per poi scivolare di nuovo. Non rideva e urlava come gli altri bambini, ma arrivato al fondo sorrise di nuovo, Evan scattò una foto con il telefono. Ne scattò un'altra quando Clay tirò fuori Nicolas dalle palline colorate, tenendolo. Per un secondo, entrambi sorrisero, ignari di essere osservati, Evan scattò un'altra foto. Non sapeva quanto fosse buona la qualità ma non importava. «Avete finito di mangiare?»

Il bambino ignorò la domanda, Clay annuì. Una volta tornati al tavolo buttarono la spazzatura e Nicolas tornò a giocare. «Evan, gioca anche tu,» disse Nicolas, prendendolo per mano e tirandolo verso le palline.

«Sì, Ev, gioca anche tu,» provocò Clay.

Infine, restarono vicini a una delle finestre a guardare Nicolas giocare. Evan poteva sentire Clay accanto. «Grazie.» disse a voce bassa senza staccare gli occhi da Nicolas.

«Ev,» disse Clay con dolcezza, quasi supplicandolo, Evan si voltò verso di lui e lo vide deglutire senza dire null'altro. Evan sentì un desiderio che l'aveva accompagnato per gran parte del tempo passato al college e per gli anni successivi. Durante i mesi passati con Leo si era placato un po', ma poi era tornato come un dolore ai muscoli durante una mattina fredda per fargli sapere di essere ancora lì.

Nicolas arrivò da lui ed Evan scacciò via quei pensieri. «Sei pronto per vedere la tua nuova stanza?» domandò Evan, lui annuì, guardandosi di nuovo intorno per poi lasciare che Evan lo aiutasse a mettersi le scarpe.

Mentre parcheggiavano accanto all'edificio dove viveva Evan, Nicolas quasi si addormentò sul sedile della macchina. Quando si fermarono, aprì gli occhi. «Prendo la valigia, voi andate dentro,» disse Clay dal sedile anteriore, Evan aiutò Nicolas a uscire. Camminarono mano nella mano, seguiti dall'altro.

Nicolas odiava l'ascensore, si tenne a Evan per tutto il tempo che passarono lì dentro. Quando si fermò e le porte si aprirono, corse fuori aspettandoli. «Noi viviamo qui,» disse Evan indicando la sua porta. Nicolas si limitò a guardarlo e lui prese la mano al bambino, che si voltò per vedere se ci fosse anche Clay. Evan aprì la porta e il bambino fece un passo all'interno, fermandosi lì. «Cosa c'è?» domandò Evan accendendo le luci. «Non c'è nulla di cui avere paura.» prese Nicolas per mano, guidandolo per l'appartamento e facendogli vedere ogni cosa. Una volta arrivato al bagno, Nicolas fece capire che doveva usarlo. «Hai bisogno di aiuto?»

Nicolas scosse la testa ed Evan restò fuori dalla porta, aspettando fino a quando non sentì lo sciacquone e il coperchio che si chiudeva. «Cosa c'è lì?» domandò Nicolas dopo aver raggiunto Evan nel corridoio, fissando la porta chiusa della camera da letto.

«Quella è la tua camera.» disse Evan, guardando Clay mentre apriva la porta. Nicolas entrò, si guardò intorno e corse fino al letto, saltando sul materasso. «Ti piace?»

«Mi piacciono le barche!» disse Nicolas dimenandosi sul letto. Arrivò anche Clay, portò la valigia e la mise sul letto accanto al bambino, che cominciò ad aprirla maldestramente per poi tirare fuori un vecchio coniglio di peluche che una volta doveva essere bianco. Il bambino lo strinse e cominciò a cullarlo con la testa sul cuscino, sbadigliando e ignorando tutto il resto. Evan non era sicuro sul da farsi e si avvicinò al letto per abbracciare Nicolas. Mise la valigia sul pavimento accanto al letto e coprì il bambino semi addormentato con un lenzuolo prima di lasciare la stanza con Clay. Lasciò la porta socchiusa e si diresse in soggiorno, aveva quasi paura di respirare.

«Starà bene, Evan,» lo rassicurò Clay sedendosi sul divano. «Sembra piuttosto preso da te.»

«Ha sorriso.» Evan tirò fuori il telefono e fece vedere le foto a Clay.

«Lo so, ma hai notato quel suo modo di guardarsi sempre intorno?»

«Sì, credo che stia cercando sua madre e suo padre. Non ha capito che se ne sono andati e non torneranno,» suppose Evan, chiedendosi cosa fare. «Lo capirà con il tempo, ma è comunque triste.»

Clay concordò. «Ma sei la persona adatta per amarlo e aiutarlo. Diamine, Evan, lo stai già facendo. Quel bambino ha già il tuo cuore.»

«Non tutto,» replicò Evan a voce sommessa, tutt'altro che sicuro del significato di quelle parole.

«So che oggi è stato un po' movimentato per te, con quello stronzo di Leo questa mattina e ora tutto questo, ma cambieresti qualcosa?»

Evan annuì. «Sì, lo farei,» rispose, senza elaborare. Alzandosi dal divano, Evan si diresse verso la cucina senza però ricordarsi il perché una volta arrivato lì. Tornando in soggiorno, trovò Clay che lo fissava con l'aria di chi aspettava qualcosa. «Cosa ti è successo, Clay?»

«Cosa intendi?»

Evan si fece più vicino abbassando la voce. «Clay, sai bene a cosa mi riferisco. Quell'ultima notte alla St. Bart. Cos'è successo?»

Clay cominciò a contorcersi sul divano. «Sono cresciuto, Evan. Eravamo ragazzini.»

«*Sei* cresciuto,» disse Evan, impassibile, incrociando le braccia sul petto. «Quindi io ero solo un capriccio giovanile, è così?»

«No!» rispose rapido Clay. «Non sei mai stato un capriccio, ma sono cresciuto.»

«Così dici,» rispose Evan scoccando un'occhiata al suo migliore amico. «Quella notte alla St. Bart è stata la notte più indimenticabile della mia vita. Ho fatto finalmente l'amore con la persona che contava più di chiunque altro al mondo e pensavo che contasse qualcosa anche per te. Mi sbagliavo.»

«Mi hai davvero amato?» domandò Clay con un po' di sorpresa negli occhi.

«Certo che l'ho fatto. Ti ho amato per anni, ora però credo di essermi ancorato a una stupida idea infantile che avrei dovuto dimenticare tanto tempo fa. Diavolo, non c'è da stupirsi se le cose con Leo non hanno funzionato.»

«Cosa c'entra?» chiese Clay sulla difensiva.

«Quando l'ho visto questa mattina ha detto che si è sempre sentito come se ci fossero state tre persone nella nostra relazione: lui, io e te. Aveva ragione, perché non ho mai rinunciato a quell'idea. Ora credo di doverlo fare. Ho avuto una cotta per te dai tempi del liceo, credo che sia ora di passare oltre.»

Clay sembrò sorpreso e un po' scioccato. «Evan, sei il mio migliore amico, il migliore amico che abbia mai avuto. Non voglio perderti.»

«Possiamo essere amici, Clay, ma ora ho bisogno di un po' di spazio. So che non provi per me ciò che io provo per te. Io ho bisogno di un po' di tempo per riflettere, tu devi decidere quello che vuoi. Dubito che la regina dei ghiacci sia la compagna che vuoi trovarti accanto per tutta la vita, altrimenti la vostra relazione sarebbe progredita, ma nemmeno io sono quello che vuoi, e devo accettarlo.» Clay si alzò e si avvicinò, Evan si fece indietro. «Non è colpa tua, Clay, lo so. Devi solo darmi un po' di tempo. Sai, avevo sempre creduto di poter vivere avendoti solo come amico, ma credo di non poterlo più fare.»

«Ma, Ev, non è così semplice.» Clay sembrava un po' ferito e perso.

Evan fece un passo avanti, spingendosi verso Clay mentre premeva le sue labbra su quelle dell'amico. Lo tenne stretto, lo baciò con tutta la passione di cui era capace, con anni di amore represso, affetto, anche dolore, tutto in ogni singolo bacio. Dopo aver rallentato il ritmo del bacio, si allontanò di nuovo. «Ecco. Se la regina dei ghiacci può fare altrettanto, siete perfetti l'uno per l'altra.»

Un fruscio proveniente dalla fine del corridoio catturò la sua attenzione ed Evan si diresse verso la camera di Nicolas. «Devi decidere ciò che vuoi, Clay.» Si voltò e andò alla stanza del bambino, spinse la porta e sbirciò all'interno. Nicolas si rigirava nel letto, rotolando da una parte e dall'altra. Evan entrò e si sedette sul bordo del letto, accarezzandogli la schiena fino a quando non si fu riaddormentato. Mentre stava seduto lì, Evan sentì la porta dell'appartamento chiudersi. L'uomo che amava se ne era andato... di nuovo... e parte di lui avrebbe voluto corrergli dietro.

«Papi?» domandò Nicolas aprendo gli occhi e guardando Evan.

«Sono Evan, ricordi? Sei con me, ora, e va tutto bene. Tutto andrà bene.» Evan si chiese se non stesse provando a rassicurare anche se stesso. Tirò Nicolas fuori dal letto e lo portò in soggiorno mentre il bambino, ancora con il coniglio in mano, teneva la testa sulla spalla di Evan.

«Voglio la mamma,» piagnucolò Nicolas sempre stretto a Evan.

«Lo so,» sussurrò Evan sedendosi sul divano. «Quando non ero molto più grande di te,» spiegò Evan, esagerando un po' per aiutare, «anche la mia mamma e il mio papà sono morti.»

Nicolas alzò la testa guardando Evan negli occhi. «Anche tu sei andato da una famiglia adottiva?»

«L'ho fatto,» ammise Evan. «Ma non sei più in una famiglia adottiva. Puoi restare qui con me quanto vuoi.»

«Fino a quando mamma e papà torneranno?» chiese Nicolas strofinandosi gli occhi.

Evan scosse la testa, lentamente. Doveva essere onesto, era l'unico modo. «Mamma e papà non torneranno. Sono in paradiso, ricordi? Ma ci sono io, ti vorrò bene e mi prenderò cura di te come farebbero loro se fossero qui. Lo prometto. Non lascerò che ti accada nulla. Va bene?»

«Va bene,» disse Nicolas, dimenandosi per andare sul pavimento.

«Vuoi un po' di succo?»

«Sì,» disse Nicolas.

«Sì, come?»

«Sì, per favore,» rispose lui, Evan si alzò dal divano porgendogli la mano e guidandolo in cucina. Evan aprì un armadietto per prendere un bicchiere di plastica per poi trovare del succo di mela. «Pare che ci sia bisogno di fare la spesa. Mer...» Evan si fermò prima di pronunciare quella parolaccia. «Vediamo se c'è qualcosa in televisione.»

Nicolas corse in soggiorno, sedendosi a gambe incrociate sul tappeto al centro del pavimento. Evan trovò un canale adatto, Nicolas fu assorbito quasi subito da *Sesame Street*. Evan collassò sul divano, la sua mente ripensava a tutto ciò che era successo. Leo l'aveva scaricato ed Evan aveva mandato via Clay. Dio, pareva che avesse incasinato tutto. Clay l'aveva aiutato con tutta la burocrazia e i moduli da firmare. Diamine, aveva anche portato tutta quella roba per la stanza di Evan. Facendo ciondolare la testa, Evan si chiese come potesse essere stato così stronzo con Clay. Evan prese il telefono con l'intento di scusarsi. Che cosa avrebbe dovuto dire? Dannazione, doveva starsene zitto più spesso.

Evan sentì qualcuno bussare alla porta. Si alzò per andare ad aprire e si trovò davanti una sorridente Wendy. «Entra. C'è qualcuno che ti piacerebbe incontrare.» Evan sorrise, invitandola a entrare. «Wendy, questo è Nicolas.» Il bambino alzò gli occhi dalla televisione e guardò, un po' allarmato, la nuova arrivata. «Nicolas, questa è Wendy. È la nostra vicina, vieni a salutarla.»

Si alzò e andò a nascondersi dietro alle gambe di Evan senza dire nulla. Wendy si piegò sulle ginocchia. «Ciao, sono Wendy.»

«Va tutto bene, Nicolas. Lei è molto simpatica.» Evan gli diede un leggero colpetto ma rifiutava di uscire, così l'uomo lo sollevò, tenendolo in braccio mentre Nicolas affondava il volto nella spalla di Evan.

Wendy si mise in piedi. «Sembra che abbiate avuto una giornataccia.»

Evan sospirò. «Non sai quanto.»

«C'è bisogno di un po' di gelato?» Si poteva sempre contare su Wendy per quanto riguardava il cibo consolatorio. «Tornerò tra poco con gelato e biscotti.» Se ne era andata prima che Evan potesse rispondere, tornando pochi minuti dopo con qualche chilo di gelato. Nicolas sorrise.

«Resta qui,» gli disse Evan, «e ti porto una coppetta.»

Evan incontrò Wendy in cucina. «È adorabile!» disse riempiendo due coppette e una più piccola per Nicolas.

«Ma è ancora traumatizzato dalla morte dei suoi genitori. Le cose diventeranno più facili, ma ci vorrà del tempo,» disse prendendo uno strofinaccio e dei cucchiai. Wendy mise il contenitore nel freezer e portarono le coppette in soggiorno. Evan mise lo strofinaccio sul grembo del bambino, gli diede la coppetta e si unì a Wendy sul divano.

«Ok, dimmi tutto,» disse Wendy.

«Sai di Leo e di Nicky,» cominciò Evan prima di dirle di Clay. Le aveva confidato tutto, a cominciare dalla cotta che aveva avuto per lui al liceo, fino ad arrivare alla notte insieme, al fidanzamento di Clay, alla loro amicizia e a ciò che provava ancora per lui, ogni cosa. Il tempo passò, il gelato se ne andò ed Evan sentiva il bisogno di un'altra porzione. «Non so cosa fare.»

Wendy posò la coppetta. «Se vuoi sapere il mio parere, credo che lui provi qualcosa per te, ma non è pronto ad accettarlo. Mi dici che ha ripetuto di essere cresciuto, sono i suoi pensieri o quelli della regina dei ghiacci?»

«Dici?» domandò Evan, di nuovo speranzoso.

«Non so, sto solo chiedendo,» rispose mentre Nicolas si alzava dal pavimento per riportare a Evan la coppetta vuota e lo strofinaccio, per poi ritornare al suo posto davanti alla televisione. «Lo ami davvero?»

«L'ho sempre amato. È questo il problema, credo. Pensavo che l'amicizia fosse abbastanza, ma non è così. Ho bisogno di qualcosa di più. Forse ho capito di non aver bisogno di nessuno, invece.» Evan buttò un'occhiata in direzione di Nicolas, sdraiato sullo stomaco con il mento appoggiato alle mani, coinvolto dal programma. «Forse devo essere forte per me e per lui.»

Wendy ridacchiò scuotendo la testa. «Sei sempre stato forte, ma non ti sei mai sentito tale. Hai avuto la forza per lasciar andare Leo perché volevi di più, e guarda, hai Nicolas. Il momento giusto arriverà, ma credo che avessi ragione su Clay. So che sembra un cliché ma credo che tu debba lasciarlo andare. Se dovete stare insieme, andrà così.»

Evan si fermò, fu sorpreso mentre un pensiero da tempo dimenticato gli tornava alla mente. «È quello che mi ha detto Padre Val l'ultima volta che abbiamo parlato. Forse aveva ragione, non eravamo fatti per stare insieme.»

«O forse non è ancora il momento. A ogni modo, ora ti devi prendere cura di Nicolas.» Wendy si alzò e prese le coppette per portarle in cucina. «Concentrati sul fare il padre per un po' e il resto verrà da sé.» Guardando Nicolas, Evan pensò che fosse il consiglio migliore che avesse ricevuto da molto tempo. Se solo fosse stato facile.

CAPITOLO
SEI

EVAN si svegliò nello stesso modo in cui si era svegliato nell'ultimo mese, ascoltando ogni suono proveniente dalla stanza di Nicolas. Non sentì nulla, così restò nell'oscurità, a riflettere. Non aveva più parlato con Clay ed era preoccupato. Evan aveva passato l'ultimo mese biasimandosi per ciò che aveva detto e per come si era comportato con il suo migliore amico, ora forse *ex* migliore amico. Aveva parlato sia con Dex che con Frankie, ma nessuno dei due aveva più parlato con Clay. Aveva detto a entrambi della lite ma, neanche quando loro avevano insistito, aveva detto il perché. Evan si vergognava del suo comportamento. Avrebbe dovuto parlargli, non trasformare una semplice conversazione in un'inquisizione, perché era così che appariva nei suoi ricordi. Il suo migliore amico gli mancava da morire.

Il primo mese con Nicolas non era andato sprecato. In genere, durante l'estate cercava un lavoro stagionale che gli permettesse di guadagnare qualche soldo extra, quell'anno però non l'aveva fatto, così lui e Nicolas avevano passato molto tempo insieme. Nicky, come Evan era solito chiamarlo, amava la spiaggia, quindi ci andavano nel pomeriggio due o tre volte a settimana. Evan portava una sedia e un ombrellone in modo da poter leggere un libro mentre Nicky scavava buche e giocava nella sabbia accanto a lui. Non si allontanava mai e non andava in acqua, a meno che non ci fosse Evan a tenerlo per mano. Evan sapeva che prima o poi tutto ciò sarebbe potuto finire, ma per il momento era fantastico. Nel complesso era felice, *però...*

Evan sentì un suono che non riconobbe e balzò fuori dal letto, indossando la vestaglia prima di andare alla stanza di Nicky. Spinse la porta e sentì il bambino ansimare, sembrava tossire e soffocare contemporaneamente. «Nicky,» mormorò accendendo la lampada a forma di barca. Il bambino sembrava spaventato mentre cercava di respirare. «Rilassati, sono qui.» Evan tirò Nicky fuori dal letto, era febbricitante. Aveva il pigiama umido e la pelle sudaticcia. Prese una coperta, lo avvolse e lo portò nella sua stanza. Dopo averlo messo sul letto, Evan tirò fuori un paio di pantaloni e la prima maglietta che trovò, infilandosi un paio di scarpe prima di prendere il bambino di nuovo in braccio. «Va tutto bene,» sussurrò, cercando di calmarlo mentre il suo stesso cuore batteva all'impazzata.

Uscì dalla camera, prese portafoglio e chiavi e lasciò l'appartamento, poi chiamò l'ascensore.

«Va tutto bene?»

Evan si voltò, Wendy si stava sporgendo dalla porta socchiusa. «Nicky non respira bene, lo porto all'ospedale.»

«Vuoi che venga con te?» domandò. Probabilmente non era vestita, Evan non poteva aspettare.

«Ce la possiamo cavare. Ti chiamerò, lo prometto.» La porta dell'ascensore si aprì ed Evan entrò. Premette il pulsante per il piano terra e la porta si chiuse. Nicky non reagì come ogni volta, in quello spazio così ristretto Evan riusciva a sentire ogni singolo respiro difficoltoso del bambino, si ritrovò a pregare che ognuno non fosse l'ultimo.

Quel dannato ascensore parve impiegare un'eternità. Quando le porte si aprirono, finalmente, Evan si buttò nella strada ancora buia e andò fino alla macchina. Aveva le chiavi ancora in mano, aprì le porte e mise Nicky sul suo seggiolino, allacciandogli la cintura in un tempo record. «Andiamo da un dottore che ti può aiutare, va bene?» Evan cercò di rassicurarlo, ma aveva i nervi a pezzi. Mise in moto la macchina e cominciò a guidare nelle strade vuote in direzione dell'ospedale, che distava solo un miglio o poco più.

Usò l'entrata di emergenza, parcheggiò la macchina sotto al portico e andò a tirare Nicky fuori dal sedile, correndo verso le porte che si aprirono quando si avvicinò. Andò al bancone, tutt'altro che calmo. «Ho bisogno di aiuto. Sta avendo dei problemi respiratori.»

Nicky si teneva stretto a lui e respirava nelle orecchie di Evan, facendolo diventare sempre più nervoso. «Quali sono i suoi sintomi?» domandò la receptionist. Evan si spostò Nicky sull'altra spalla in modo che lei potesse sentire il suo respiro affannoso. «Non importa. Vada là, le farò trovare qualcuno che la possa aiutare.» La porta si aprì ed Evan portò Nicky oltre essa. «Mi segua. Ho già chiamato il dottore.» disse la receptionist oltrepassandoli, Evan cominciò a seguirla. Li portò in una piccola stanza e Nicky fu sistemato sul lettino. Sembrava terrorizzato e probabilmente sarebbe scoppiato a piangere se fosse stato in grado di respirare bene. Infatti, le lacrime gli rigavano le guance.

Entrò un'infermiera. Aprì un armadietto, tirò fuori una tastiera e cominciò a fare domande. Evan rispondeva in automatico, era concentrato su Nicky. L'infermiera mise una mascherina per l'ossigeno sul volto del bambino, che provò immediatamente a toglierla.

«Va tutto bene, con questa starai meglio,» lo tranquillizzò Evan strofinandogli il braccio. L'infermiera cominciò ad armeggiare e dopo poco Nicky sembrò stare meglio, quando gli arrivò l'ossigeno.

Dopo avergli misurato temperatura, pressione del sangue e polso, l'infermiera se ne andò, dopo pochi minuti di agonia arrivò un dottore. «Sono il Dottor Harry,» disse loro. «Qual è il problema, piccoletto?» domandò, concentrandosi su Nicky. «Mi hanno detto che hai qualche problema a respirare.» Il dottore tirò fuori lo stetoscopio e, dopo aver aiutato Nicky a sedersi, ascoltò il suono dei suoi polmoni. Si voltò verso Evan e gli chiese «Ha avuto tosse o raffreddore nell'ultimo periodo?»

«No,» rispose Evan. «Nicky è sempre stato sano e attivo nel mese che ha passato con me. Me l'hanno affidato e spero di adottarlo, ma non conosco bene la sua storia clinica,» spiegò Evan, frustrato per non poter essere più d'aiuto.

Il dottore continuò ad ascoltare. «È allergico a qualcosa?»

«Non che io sappia. Negli ultimi giorni non ha mangiato nulla che non avesse già mangiato prima.» Evan si stava tranquillizzando un po' mentre il dottore guardava Nicky.

«Puoi fare un respiro profondo per me?» domandò il dottore, Nicky cercò di farlo ma fece fatica, Evan si sentì mancare il respiro.

«I suoi polmoni sono infiammati, ma non sento alcun liquido, è un'ottima cosa. Credo che potrebbe essere un virus. Molti bambini sono arrivati qui con problemi di questo tipo. È stato con altri bambini? A scuola o all'asilo?»

«Solo alla spiaggia.»

«Potrebbe essere quello,» considerò il dottor Harry. «Aggiungeremo un po' di farmaco all'ossigeno. Dovrebbe aiutarlo, le daremo anche un nebulizzatore e la medicina da usare. Per iniziare dovrebbe usarlo tre volte al giorno.» Il dottore si voltò verso Nicky, che era ancora spaventato. «Presto starai bene,» lo rassicurò, sorridendo. «Sei stato molto bravo e coraggioso.» Nicky guardò il dottore oltre la maschera. «Devo parlare con il tuo papà per qualche minuto. Ti va bene stare con l'infermiera? Torneremo presto, lo prometto.»

L'infermiera tornò nella stanza ed Evan uscì con il dottore, restando comunque nel campo visivo di Nicky. «Vorrei tenerlo qui per qualche ora per assicurarmi che sia tutto a posto,» gli comunicò il dottore. «Come le ho detto, credo che sia un virus, ma vorrei escludere l'asma.»

«Tutto quello di cui c'è bisogno,» disse Evan, guardando Nicky, che a sua volta lo fissava con gli occhi spalancati e pieni di paura.

«Tornerò tra poco per assicurarmi che il farmaco funzioni.»

«La ringrazio,» disse Evan per poi tornare da Nicky, sedendosi sulla sedia accanto a lui e tenendogli la manina. Evan tirò fuori il telefono e vide solo una tacca di campo. Senza pensarci, fece una chiamata veloce.

«Evan, sei tu?»

«Sì, sono al St. Mary con Nicky.»

«Io...» Evan fissò lo schermo e capì che non c'era più campo. Nicky cominciò a dimenarsi, Evan rimise il telefono nella tasca. Avrebbe potuto richiamare Wendy tra pochi minuti, se avesse trovato il segnale.

Il bambino continuava a guardarlo con i suoi occhioni, sembrava respirare con meno difficoltà.

«Rilassati, nessuno ti farà male, lo prometto,» mormorò Evan scostando i capelli di Nicky falla fronte, concedendosi un bel respiro e sperando che tutto andasse per il meglio.

«Signor Donaldson,» disse un'infermiera dalla porta «C'è qualcuno per lei nella sala d'aspetto. Dice che lei ha telefonato.»

«Dev'essere Wendy. L'ho chiamata poco fa. Potrebbe dirle di venire?»

L'infermiera parve sorpresa. «Non so chi lei abbia chiamato, ma l'uomo in sala d'attesa di sicuro non è Wendy. Ha detto di chiamarsi Clay.»

Clay? Aveva chiamato Clay? Tirando fuori il telefono, Evan vide che l'ultimo numero chiamato era quello di Clay. Doveva aver scelto il numero sbagliato. «Potrebbe portarlo qui, per favore?» Evan non sapeva cosa dirgli.

«Certo,» disse l'infermiera per poi scomparire oltre la porta. Pochi minuti dopo, tornò con Clay.

«Come sta?» domandò Clay, irrompendo nella stanza e sistemandosi dall'altro lato del lettino. Aveva l'aria di chi non dormiva da giorni.

«Sta migliorando, ora gli stanno dando dei farmaci. Pensano che sia un virus ma vogliono escludere l'asma, quindi resterà qui per qualche test. Mi dispiace di averti svegliato.» Evan guardò oltre il letto, teneva ancora la mano del bambino. «Devo aver scelto il numero sbagliato, quando hai risposto non stavo ascoltando bene e quindi...»

«Evan, va tutto bene,» mormorò Clay per poi rivolgere la propria attenzione al biondino dagli occhi spalancati sul lettino. «Respiri meglio?»

Nicky si voltò verso Evan.

«Ti ricordi di Clay? Mi ha aiutato a portarti a casa,» spiegò. Avrebbe voluto parlare con il suo amico, quello però non era il momento giusto e lo sapeva.

«Ciao, Nicky,» salutò l'infermiera rientrando nella stanza. «Ti facciamo fare un bel viaggetto sul tuo lettino,» disse, allegra. «Vorrebbero farti qualche foto dall'interno. Non farà male, te lo prometto.»

Nicky guardò Evan, che gli sorrise continuando a tenergli la mano. «Il tuo papà resterà con te per tutto il tempo,» disse l'infermiera per incoraggiarlo. Evan guardò Nicky, sperando che quel termine non lo turbasse. Non avevano parlato di nulla del genere, prima. Nicky lo chiamava Evan, pensava che al bambino andasse bene così. Con sollievo di Evan, non sembrò reagire in alcun modo oltre a osservare ogni mossa dell'infermiera, quando lei gli arrivò alle spalle per sistemare la maschera, cominciò a dimenarsi nel tentativo di vedere ciò che stava facendo. «Sto solo cambiando i tubi in modo che si possano portare insieme a te,» spiegò, assicurandosi che tutto fosse al posto giusto prima di sbloccare il letto con un rumore metallico. Poi, cominciò a portarlo fuori dalla stanza.

«Clay, io...» Pensava di dover dire qualcosa.

«Non preoccuparti, Ev. Sarò qui quando tu e Nicky tornerete,» disse, prendendo posto sulla sedia mentre Evan se ne andava insieme al bambino.

Viaggiarono attraverso svariati corridoi e Nicky gli teneva forte la mano, sempre con gli occhi spalancati. «Va tutto bene,» continuava a dire Evan, pur non essendo molto sicuro dell'effettiva utilità di quelle parole. Si fermarono e l'infermiera aprì la porta, spingendo dentro il letto. La stanza era semibuia e c'erano dei grandi macchinari che emettevano un ronzio. Misero il lettino più o meno al centro della stanza.

Una donna camminò fino al letto e si rivolse a Nicky. «Vogliamo solo fare qualche foto, non farà male. Ti va bene se papà ti mette sul tavolo?»

Nicky la guardò, poi si voltò verso Evan e annuì. Alzandolo con delicatezza, Evan lo spostò sul tavolo mentre l'infermiera si assicurava che tutti i tubi fossero a posto. «Sei proprio un ragazzone coraggioso, Nicky,» gli disse Evan, mentre il bambino cercava di seguire con gli occhi tutto ciò che stavano facendo. Lo fecero sdraiare su un fianco.

«Devi solo restare fermo, faremo una foto e avremo finito,» disse lei. Evan continuava a tenere il bambino per mano mentre la macchina si muoveva, poi emise un ronzio più forte per un secondo. «Perfetto, abbiamo finito.»

Evan riportò Nicky sul lettino, coprendolo con il lenzuolo. «Sei stato davvero bravo,» gli disse. «Sono fiero di te.»

«Possiamo andare a casa?» chiese Nicky, il suono della sua voce era affievolito dalla maschera. «Non mi piace questa cosa,» aggiunse, indicando la maschera.

«Lo so, presto saremo a casa. Dobbiamo fare un altro viaggio fino alla stanzina di prima e aspettare il dottore.» I freni furono sbloccati e il lettino cominciò a muoversi fuori dalla stanza e di nuovo lungo il corridoio. Nicky sembrava più calmo quella volta, quando tornarono nella stanza di prima Clay sorrise.

«Hai fatto il bravo?» gli domandò Clay, Nicky sorrise e annuì.

«È stato super,» aggiunse Evan, baciando il bambino sulla fronte per poi guardare Clay. Si chiedeva a che cosa stesse pensando e sperò di avere la possibilità per parlargli. L'amico gli rivolse un debole

sorriso ma era concentrato su Nicky, i suoi occhi si
stavano chiudendo ma poi li spalancò di nuovo.

Evan spostò gli occhi da Nicky a Clay, poi di
nuovo a Nicky. Poi, finalmente, arrivò il dottore,
richiamando la sua attenzione. «I raggi X sembrano
buoni. C'è un po' di infiammazione ma sembra in via
di miglioramento. Le darò una ricetta per il farmaco, la
manderemo a casa con il nebulizzatore. Se non ne ha
mai usato uno, l'infermiera le farà vedere come
utilizzarlo. Le suggerisco di chiamare il pediatra
durante la mattinata, probabilmente anche lui vorrà
vederlo.» Il dottore andò da Nicky. «Credo proprio che
starai bene, ragazzo. Sei stato proprio bravo,» aggiunse,
porgendo un lecca-lecca al bambino. «Ti do questo, ma
conservalo per quando starai meglio, va bene?»

Nicky sorrise da sotto la maschera e il dottore se
ne andò. L'infermiera tornò poco dopo per rimuovere
l'apparecchio, con grande sollievo del bambino, e
spiegò a Evan come usare il nebulizzatore. Dopo aver
firmato qualche foglio, Evan prese in braccio il piccolo.

Portando tutto il necessario, andarono al bancone
dove Evan diede la sua tessera dell'assicurazione,
pensando che se non fosse andata bene l'avrebbe
scoperto più tardi. Tutto ciò che importava in quel
momento era portare Nicky a casa. Dopo aver firmato
altri fogli, uscirono dall'ospedale. «Ev, ci vediamo a
casa tua,» disse Clay. Evan si limitò ad annuire,
aprendo le porte per poi sistemare Nicky sul seggiolino.
Il tragitto fu breve, dopo aver tirato fuori il bambino
dalla macchina trovò Clay davanti alla porta, ancora
una volta l'uomo stava portando tutto il necessario.

Nicky non si mosse quando arrivarono
all'ascensore, si limitò a tenersi stretto a Evan con la
testa sulla sua spalla. Una volta arrivati
nell'appartamento, Clay accese una piccola lampada

nell'angolo del soggiorno mentre Evan, con Nicky in braccio, prendeva posto sul divano. «Nel secondo cassetto della cassettiera ci sono i pigiami di Nicky, mi puoi portare un completo pulito? Sta sudando, vorrei cambiarlo.» Clay annuì e fece quanto richiesto, tornando poco dopo con pigiama e biancheria. «Alzati, amore,» disse Evan. Nicky eseguì lasciando che l'uomo lo spogliasse e lo vestisse prima di tornare tra le sue braccia.

«Clay, non devi restare qui se non vuoi,» sussurrò Evan, ascoltando ogni singolo respiro di Nicky. Sembrava stare meglio in quel momento, forse era sul punto di addormentarsi,

«Ev,» disse Clay, Evan sentì una mano sulla spalla, «Sto bene qui.» Le dita gli trasmettevano un po' di calore attraverso la maglietta. Evan dovette resistere all'impulso di spostarsi. Non riusciva a vedere altro se non il conforto da parte di un amico. «Vai a letto. Starò bene.»

Evan sospirò e si alzò. «Le coperte e i cuscini extra sono nel piccolo armadio fuori dal bagno.»

«Lo so,» disse Clay, «ti ho aiutato quando ti sei trasferito, ricordi?»

Se lo ricordava. Clay era stato di grande aiuto quando si era trasferito dall'altro appartamento. Leo aveva detto di non sentirsi bene e quindi non aveva aiutato, ma il suo amico era rimasto tutto il giorno facendo avanti e indietro dall'ascensore. Evan doveva ammetterlo, la presenza di Clay lo faceva sentire meglio. «Mi aiuti sempre con tutto,» aggiunse Evan prima di andare nel corridoio.

Si fermò fuori dalla stanza di Nicky, ma non se la sentì di lasciarlo da solo, così lo portò in camera sua, sul suo letto, mettendolo sul lato vicino al muro. Evan tirò su le coperte e Nicky si sistemò sotto a esse, con la testa sul cuscino, era già semi addormentato. Evan tornò un attimo nella camera del bambino, prese il coniglio di Nicky e glielo portò. Era l'ultima cosa di cui poteva aver bisogno. Gli mise l'animale di pezza vicino e chiuse gli occhi.

Camminando nella stanza buia cercando di non far rumore, Evan si mise un pigiama pulito prima di tornare a letto. C'era qualche rumore proveniente dall'appartamento, era Clay che si sistemava sul divano. Sentiva anche il suono del respiro di Nicky. Per ore, restò ad ascoltare assicurandosi che fosse tutto a posto, poi finalmente si addormentò.

Fu svegliato da un rumore di passi proveniente dal soggiorno. La luce filtrava attraverso la piccola finestra. Nicky dormiva accanto a lui, non si era mosso per tutta la notte. Il suo respiro era simile a quello di una persona raffreddata. Evan si appuntò mentalmente di occuparsi delle ricette mentre Nicky dormiva. Scivolò fuori dal letto facendo meno rumore possibile e strisciò fino alla cucina, dove trovò Clay accanto al frigo, mezzo sveglio. Stava bevendo da una vecchia tazza da caffè. «Hai dormito?» domandò Clay porgendo una tazza a Evan.

«Un po', credo. Nicky sta ancora dormendo. Sembra che abbia il raffreddore. Compilerò le ricette prima del suo risveglio.»

Clay bevve un sorso dalla tazza per poi dirigersi verso il soggiorno, seguito da Evan. «Avrei voluto chiamarti tempo fa, ma...»

Evan mise la tazza sul tavolo e lo fermò. «È colpa mia. Non ti dovevo trattare in quel modo. Non è stato corretto. Ciò che provo per te è un mio problema, non dovevo buttarti tutto addosso. Non è stato corretto, io...»

Clay lo fissò. «Ev,» disse, interrompendolo, «avevi ragione. Tutto ciò che hai detto era giusto. Mi stavo nascondendo, stando con Sheila. Ho rotto con lei pochi giorni fa. Non ero felice, dubito che anche lei lo fosse. Evan, mi hai chiesto di riflettere su ciò che voglio e l'ho fatto. Non ho pensato ad altro nell'ultimo mese, quando mi hai chiamato ho capito di non poter stare senza di te. Ci sono sempre stato, per te.»

«Lo so,» mormorò Evan. Clay era stato sempre disponibile a supportarlo e a confortarlo, erano alcuni dei motivi per cui si era innamorato di lui.

«Aspetta, lasciami finire. Per te ci sono sempre stato perché tu hai sempre fatto altrettanto per me. A scuola potevo sempre contare sul tuo aiuto, è stato così anche quando ero a scuola di legge. Mi hai convinto a prenderla più alla leggera. So che non siamo rimasti molto in contatto in quel periodo, ma ci sei sempre stato e lo sapevo.» Clay si avvicinò, Evan lo vide deglutire. «Ev, io voglio...»

«Papà?»

Evan si sentì raggelare. Stava parlando con lui? Sembrava troppo bello per essere vero. Nicky, senza smettere di strofinarsi gli occhi, andò fino al divano, si arrampicò sui cuscini e si mise sul grembo di Evan. «Papà, ho fame. Posso mangiare dei toast alla cannella?»

Evan sentiva il proprio cuore sul punto di esplodere per la gioia. Nicky l'aveva chiamato *papà*. «Puoi mangiare tutto quello che vuoi.» rispose, sollevato nel vedere il piccolo stare bene, nonché euforico per essersi sentito chiamare papà per la prima volta nella vita. Evan non sapeva cosa si sarebbe aspettato, ma sentire quella parola fu inaspettatamente meraviglioso. Abbracciò Nicky, guardando oltre la sua spalla, verso Clay, che ricambiò lo sguardo.

«Potrei andare in farmacia per le ricette di Nicky mentre tu gli dai da mangiare,» si offrì Clay. «Non dovrei metterci molto.»

«Non devi andare al lavoro?»

«È domenica,» gli ricordò Clay con un sorriso. «Ci vediamo tra poco.» aggiunse facendo l'occhiolino, poi si sporse verso di lui. «Dobbiamo ancora finire di parlare.» disse con un tono profondo che fece rabbrividire Evan. Una volta che Clay se ne fu andato, Evan portò il bambino in cucina e cominciò a tostare un po' di pane per lui.

«Clay non ha dormito?» domandò Nicky mentre Evan lo rimetteva a terra per imburrare il toast, poi ci spruzzò sopra un po' di zucchero di cannella.

«Ha dormito sul divano,» spiegò Evan tagliando in due il toast.

«Perché?» chiese Nicky mentre osservava Evan intento a portare il piatto sul tavolo. L'uomo gli riempì un bicchiere di succo di mela e Nicky si arrampicò su una delle sedie.

«Perché temeva che tu stessi male,» spiegò Evan. Dopo aver preso la sua tazza, si unì a Nicky al tavolo. Il piccolo, mentre mangiava, cominciò a parlare della notte passata all'ospedale e sembrava non fermarsi più, ma Evan lo sentiva a malapena, era concentrato su Clay.

«Papà,» Nicky stava chiedendo qualcosa ed Evan si tirò fuori dai suoi viaggi mentali, «sono stato bravo all'ospedale?»

«Sì, lo sei stato,» lo rassicurò Evan. «Sei stato davvero coraggioso e sono fiero di te.» Abbracciò suo figlio mentre lui finiva la prima metà del toast. «Finisci di mangiare, va bene? Quando torna Clay ti darò la medicina.»

Nicky fece una smorfia.

«Non devi mangiarla. È una medicina che si respira. Tutto quello che devi fare è starmi seduto in braccio mentre tengo il nebulizzatore vicino al tuo viso.»

«Niente roba schifosa?» chiese, accentuando sempre di più la smorfia sul volto.

Evan ridacchiò e confermò: «Niente roba schifosa.» Nicky finì di mangiare, poi Evan lo aiutò a pulirsi e a lavarsi i denti. Mentre stavano finendo, la porta dell'appartamento si aprì e si chiuse. Evan aspettò che il bambino finisse prima di lasciarlo andare. Mentre puliva il bagno e si vestiva, sentì Nicky e Clay parlare in soggiorno. Non riusciva a sentire cosa stessero dicendo, ma udì Nicky ridacchiare per qualche secondo. Dopo aver appeso gli asciugamani, tornò in soggiorno e impostò il nebulizzatore, poi inserì la dose di farmaco. Prese Nicky in braccio, accese la macchina e mise la mascherina sul naso e sulla bocca del bambino. «Stai calmo e rilassati, va bene?»

Nicky annuì, Evan lo sentì accomodarsi tra le sue braccia. Quella doveva essere la sensazione più bella del mondo, il semplice tenere in braccio suo figlio. Clay prese posto in una sedia lì vicino, li guardava. «Siete meravigliosi, insieme.»

«Grazie,» rispose Evan con un sorriso, non sapendo che altro dire. «Lo amo, più di quanto credevo possibile amare un'altra persona.» Evan vide il bambino alzare lo sguardo, annuì e lo baciò sulla fronte. Avrebbe voluto dire di più ma si fermò: aveva già parlato abbastanza l'ultima volta.

«Evan, volevo parlarti da solo per dirti un paio di cose, ma sembra che non saremo mai soli, quindi te lo dico ora.» Clay scivolò sul bordo della sedia, Evan poteva sentire la mano dell'altro sul suo braccio. «Ti amo, Evan, credo di averti sempre amato. Dovevo solo tirare fuori la testa dal...» Clay guardò Nicky e si fermò. «Beh, hai capito.»

«Sì, credo d'aver capito. Ma è quello che vuoi davvero? Ero riuscito a ottenere ciò che volevo più al mondo e l'ho perso. Non credo che riuscirei a sopportare di nuovo quel dolore.» Evan sentiva il cuore battergli nel petto come impazzito, ma rifiutava di crederci. «Sei sicuro di essere pronto ad ammettere di essere gay? Sei pronto ad ammettere di amare un altro uomo?»

«L'ho già detto alla mia famiglia qualche settimana fa. Non sembra essere stata una grossa sorpresa. Mia mamma ha detto che aspettava da tempo che mi svegliassi, sembra che finalmente ci sia riuscito.»

Evan guardò in basso e vide Nicky che lo osservava curioso. Accarezzò il braccio del bambino e lo sentì rilassarsi di nuovo.

Clay prese la mano libera di Evan con la sua. «So che ti è difficile da credere, ma ci sono un sacco di cose che ho capito, quella più importante è che ho capito di amarti più di chiunque altro sulla terra. Ti amo da quando sei entrato in camera mia alla St. Bart con quegli occhioni da cucciolo smarrito. Sei il mio migliore amico e l'uomo migliore che abbia conosciuto in tutta la mia vita, se mi vorrai passerò il resto dei miei giorni cercando di renderti felice.»

Evan era rimasto in silenzio. Quella era l'ultima cosa che si sarebbe aspettato. «Sei serio, eh?» Era più di quanto aveva sperato. Quante volte avrebbe voluto che Clay gli dicesse di amarlo? Nicky cominciò a dimenarsi ed Evan cercò di calmarlo, assicurandosi che il nebulizzatore fosse messo bene prima di tornare a concentrarsi su Clay. Evan si ritrovò a fissare quegli splendidi occhi marroni, gli stessi su cui aveva fantasticato da una vita. «È quasi troppo bello per essere vero,» disse Evan, guardando di nuovo Nicky, che sembrava faticare a tenere aperti gli occhi. Ascoltò il suo respiro, sembrava essere diventato meno difficoltoso.

Spegnendo la macchina, Evan si alzò e portò Nicky in camera. Gli mise la coperta addosso e lui si sistemò sotto di essa, già semi-addormentato. Evan si guardò intorno, poi tornò in camera sua e prese il coniglietto del bambino. Tornò nella camera di suo figlio e gli diede il pupazzo, poi il piccolo si rannicchiò con gli occhi chiusi. Gli diede un bacio sulla fronte e tornò da Clay in soggiorno.

«Dorme?» domandò Clay dando delle pacche al divano accanto a sé per invitare l'altro a prendere posto.

«Sì,» sospirò Evan, sedendosi. «Credo di capire come si senta. Non ho dormito molto questa notte, nonostante l'idea di averti con me mi facesse stare meglio. Un po' come ai vecchi tempi.»

«Pensavo davvero ciò che ho detto prima, Ev,» gli disse Clay accarezzandogli con dolcezza la guancia. «Mi ero quasi dimenticato questa sensazione.» Clay si avvicinò, Evan sbatté le palpebre, incredulo: stava succedendo davvero? «Un mese fa mi hai baciato.»

«Non avrei dovuto farlo,» disse Evan senza riuscire a credere a tutto ciò.

«Invece hai fatto bene, mi hai aiutato a capire ciò che mi stavo perdendo.» Clay si fermò guardando Evan negli occhi e scrutandolo nel profondo. «Passione, sentimenti, amore.» Evan sentì la mano di Clay scivolargli dietro la nuca, la sua pelle era calda e soffice. «Mi hai fatto capire ciò che voglio: voglio te.» Clay si avvicinò ancora di più e lo baciò. Un mese prima, Evan aveva baciato Clay quasi per disperazione, ma in quel momento fu diverso, più lento, più dolce. Poteva assaporare il gusto di Clay e sentire il calore e la morbidezza delle sue labbra. Chiuse gli occhi e si lasciò cullare da quei sentimenti che a lungo aveva soppresso, sentimenti che provava per l'uomo che lo stava baciando tenendolo stretto.

La lingua di Clay cominciò a giocare sul labbro di Evan, che gemette, dischiuse le labbra cedendo a quell'invito mentre l'altro lo stringeva più forte e intensificava il bacio. «Clay, e se Nicky...?»

Tirandosi indietro, Clay lo guardò schiudendo appena gli occhi. «Se vuoi che mi fermi, devi solo dirlo.»

Evan cercò di ascoltare i suoni provenienti dall'altra parte dell'appartamento ma non sentì nulla a parte il battito del proprio cuore. Si voltò verso Clay, fu come essere spinto in avanti. Quella volta fu lui a baciare Clay, il suo autocontrollo vacillò mentre si dilettava sulle sue labbra. Il corpo gli formicolava e continuò a baciarlo, si sentì cadere ma era Clay che lo spingeva contro i cuscini, era schiacciato dal suo peso e si teneva stretto a lui, i loro corpi stavano condividendo quel calore.

Avvinghiandosi alla schiena di Clay, Evan si inarcò cercando di restare a contatto il più possibile con il suo amato. Boccheggiò in cerca di aria, interruppe il bacio solo per riprendere un po' di respiro prima di tuffarsi di nuovo sulle labbra di Clay.

Evan sentiva la vista farsi sfocata mentre continuavano a baciarsi. Le mani calde di Clay scivolarono sotto la sua maglietta, Evan gemette quando le dita dell'altro giunsero fino a un capezzolo, stimolando quel punto sensibile. Evan dovette trattenersi dall'urlare, si costrinse a restare in silenzio. Si morse le labbra mentre la bocca di Clay si era mossa sul suo collo, leccando e baciandogli quella porzione di pelle tanto delicata.

Le dita si mossero poi fino all'altro capezzolo, stringendolo lievemente mentre Evan cercava di mantenere l'autocontrollo sul proprio corpo. Era ciò che stava aspettando dalla prima notte passata con Clay, il suo corpo era affamato di affetto. «Clay, non riuscirò a controllarmi ancora a lungo,» mormorò a voce sommessa. In quel momento Clay fece scivolare la mano verso il basso, lasciando scivolare le dita dietro alla cintura. Evan fece del suo meglio per trattenere i gemiti mentre l'altro continuava a provocarlo. «Clay, sono serio.»

Si ritrovò le labbra dell'altro tanto vicine da poter percepire il loro calore. «Non voglio che tu ti trattenga. Voglio vedere l'effetto che ti faccio.» Clay lo baciò di nuovo. «Voglio vedere le tue reazioni.» L'amico gli slacciò i pantaloni. Aveva sognato quel momento, l'aveva immaginato per anni ed era diventato realtà. Sentì le mani di Clay sul suo petto, per scivolare poi sulla schiena e fin dentro i boxer. Clay gli afferrò il sedere tirandolo più vicino a sé. Attraverso gli strati di tessuto, poteva sentire l'eccitazione di Clay premere contro la propria.

«Clay, per favore...» sospirò Evan baciando il collo dell'altro e alzandogli la camicia. Sentiva il bisogno di toccarlo, voleva il contatto fisico. Clay si tirò su per togliersi la camicia, poi cominciò a sbottonare quella di Evan. Una volta aperto il tessuto, Clay ricominciò a baciarlo, premendo il petto su quello di Evan, in modo da avere un contatto pelle a pelle. Clay lasciò scivolare di nuovo le mani sotto al suo corpo, sentì i palmi e le dita di nuovo contro le sue natiche. «Voglio di più, ne ho bisogno,» implorò Evan, Clay si avvinghiò ancora di più al suo corpo facendo fondere i loro corpi, anche le loro menti si perdevano l'una nell'altra. «Oh, Clay, sapessi da quanto volevo tutto ciò.»

«Lo so, Ev, mi dispiace che mi sia servito tutto questo tempo per capire,» mormorò a denti stretti mentre Evan aveva trovato un punto particolarmente erogeno alla base del collo dell'altro, lo stava stimolando con la lingua. Evan riuscì a malapena a mantenere una sorta di controllo mentre Clay raggiungeva un suo capezzolo con le labbra.

«Clay!»

Qualcuno bussò alla porta spazzando via quella nebbia di passione, Evan si lamentò e restò immobile, poi quel qualcuno bussò di nuovo. Anche Clay si lagnò, Evan sentì mancare il suo peso dal suo corpo. Evan cominciò rapidamente a riabbottonarsi la camicia mentre Clay se la infilava di nuovo. Dopo essersi assicurati d'aver ripreso un contegno, Evan si diresse alla porta mentre continuavano a bussare e la aprì lentamente. La regina dei ghiacci era nel corridoio e guardò Evan non appena si fece vedere. «Clay è qui, vero?» Era più un'accusa che una domanda.

«Scusa?» rispose, a dir poco sbalordito da quella visita inaspettata. Perché era venuta lì? Le poche volte che l'aveva incontrata, Sheila gli era parsa una persona sentimentale e motivata, in quel momento sembrava una gelida stronza venuta dall'inferno con la tenuta da lavoro e i capelli legati stretti, inoltre il suo volto appariva più tirato. Evan si voltò verso Clay e poi di nuovo verso Sheila, chiedendosi come potesse mandarla via.

«Sono passata da lui ma non c'era, quindi ho supposto che fosse qui. Devo parlargli.» Facendo un passo avanti, aprì la porta e andò da Clay, che era accanto al divano. «Cosa c'è che non va in te?» gli domandò.

«Sheila,» la interruppe Evan, «per favore, non svegliare Nicky.»

«Chi è Nicky?» continuò a voce più alta. «Cosa? Voi due avete un altro uomo? Siete malati.» Si voltò verso Clay. «Non era abbastanza rompere il fidanzamento per lui, non ti basta neppure? Dovevi trovarti anche qualcun altro?» La sua voce diventava sempre più forte.

«Sheila, smettila! Sveglierai Nicky. Non devo spiegarti nulla a casa mia, non deve nemmeno lui.» Evan la guardò male. «Quindi porta fuori da qui il tuo culo di ghiaccio e vattene.»

Lei rimase a bocca aperta senza dire altro, Clay sorrise per un istante e poi si coprì la bocca con le mani. «Sheila,» disse Clay, calmo, «perché sei qui? Pensavo che ne avessimo già parlato a sufficienza l'altro giorno.»

«Speravo di farti ragionare, a quanto pare però è impossibile,» replicò, incrociando le braccia e lanciandogli un'occhiataccia.

Evan non riusciva quasi a credere che tutto ciò stesse accadendo davvero, non credette neppure a ciò che stava per dire, ma aprì la bocca e parlò. «Perché non vi sedete e non parlate un po'? Vado a controllare Nicky.» Evan si mosse verso il tavolo e Sheila tirò fuori una sedia, controllandola prima di sedersi.

«Sei sicuro?» gli chiese Clay.

«Certo. Voi avete bisogno di parlare, io ho bisogno di assicurarmi che Nicky stia bene.» Evan si diresse verso la camera del bambino ma si fermò a metà strada per dire, «Lei però deve uscire prima che le finestre comincino a congelare.»

Clay ebbe la decenza di limitarsi ad alzare gli occhi al cielo invece di ridere. Evan sentì il rumore di una sedia che si spostava e i due cominciarono a parlare. Evan avrebbe voluto sapere ciò che si stavano dicendo, suo figlio però era più importante. Aprì la porta e sbirciò all'interno. Il bambino si stava svegliando, Evan si avvicinò al letto e gli strofinò la schiena mentre apriva gli occhi.

«Ti senti meglio?» domandò Evan guardando suo figlio. L'adozione non era ancora andata a buon fine, temeva che un membro della sua famiglia potesse ripensarci e riprendersi Nicky, ma era improbabile che accadesse. Evan si era sorpreso per la velocità con cui aveva cominciato a pensare al bambino come a suo figlio. Erano bastati pochi giorni per non riuscire più a pensare alla sua vita senza di lui, non poteva immaginarla in altro modo. Passò una mano sulla fronte di Nicky, la pelle era fresca e asciutta, emise un sospiro di sollievo. «Ti senti meglio,» affermò, mentre Nicky cercava di scendere dal letto.

«Clay è ancora qui?» domandò Nicky eccitato.

«Sì, sta parlando con la regina dei ghiacci.»

Nicky spalancò gli occhi, saltò giù dal letto e corse verso la porta. Evan lo seguì, lo raggiunse nel soggiorno, aveva la bocca spalancata. «Papà!» esclamò, voltandosi verso Evan «Dov'è la sua corona?» Nicky si voltò di nuovo verso Sheila puntando il dito. «Non si scioglie?»

Evan guardò Clay, stava cercando di trattenere le risate, Sheila si limitava a guardarli stizzita. Evan, leggermente imbarazzato, cercò di cambiare argomento. «Andiamo a pulirci e a vestirci.» Prese la mano di Nicky e lo condusse in camera da letto mentre il piccoletto allungava il collo cercando di tenere d'occhio Sheila.

In bagno, Evan preparò la vasca per Nicky mentre quest'ultimo si toglieva il pigiama. Mise i suoi giochi nella vasca, ci entrò e cominciò a far navigare i sottomarini sott'acqua e le barche a motore vicino al bordo, accompagnando il tutto con i suoni appropriati. «Papà, fino a quando resterà qui la regina dei ghiacci?»

«Non a lungo,» assicurò, lasciando giocare Nicky. Si chiese di cosa potessero parlare lei e Clay. Certo, erano stati fidanzati per un po', ma erano stati spesso molto lontani. Evan scosse la testa per scacciare quei pensieri. Sheila non gli piaceva ma non significava che non avesse sentimenti. Almeno, se non altro, stavano parlando.

«Clay dormirà di nuovo qui?»

«Non lo so,» rispose Evan a Nicky mentre lui stava riempiendo una barca con l'acqua per poi lasciarla affondare. «Fai da solo, poi io ti laverò i capelli.»

Una volta che Nicky fu pulito, Evan porse un asciugamano e il bambino ci saltò dentro. Il padre lo strinse prima di aiutarlo ad asciugarsi. Qualcuno bussò delicatamente alla porta. «Sì, Clay.» Clay sbirciò nella stanza. «Se ne è andata?»

«Sì,» annuì lui.

«Tra pochi minuti qui avremo finito,» gli disse Evan. Clay poi chiuse di nuovo la porta.

Evan alzò Nicky facendolo volare come un aeroplano fino alla sua stanza. «Vai a vestirti, portami le scarpe quando hai finito così ti aiuto ad allacciarle.»

«Va bene!» disse Nicky correndo dalla sua cassettiera e tirando fuori i vestiti dai cassetti. Evan lo guardò per qualche istante, poi tornò in bagno a pulire.

Dopo aver finito in bagno, Evan spense la luce e tornò in soggiorno. «Tutto bene?» domandò trovando

Clay seduto sul divano. Sembrava che l'avesse aspettato.

Clay sospirò. «Si sente ferita, non posso davvero biasimarla. L'ho illusa per tanto tempo, è un po' scioccata.»

Evan si sedette accanto a lui. «Ho visto,» disse, «ma è meglio per entrambi essere onesti con voi stessi.»

Clay ridacchiò. «Sembri Padre Val, te lo ricordi?» Evan annuì senza dire nulla. «Ho ripensato un sacco al tempo passato a scuola, insieme.»

«Anch'io.» commentò Evan, ascoltando Nicky. «Non credi che stiamo tentando di riprenderci la nostra giovinezza?»

«Non so tu,» disse Clay tirando Evan vicino a sé, «ma non ho mai sognato di tornare a qui tempi. Non avrei mai potuto pensare che tu avessi un figlio o che sarei stato così felice per questo.» Clay lo baciò dietro all'orecchio. «No, questo è molto meglio di ciò che avevamo da ragazzi, perché ora ho capito di amarti e non ho alcuna intenzione di lasciarti andare.»

Nicky si gettò sul divano, atterrando con il busto sul grembo di Evan e le gambe su Clay. «Sembra che qualcuno si senta meglio,» osservò Clay. Il bambino cominciò a ridere mentre Clay gli faceva il solletico.

«Dovreste andarci piano.» Evan li rimproverò entrambi e prese Nicky in braccio. «Ricordati che sei stato all'ospedale la scorsa notte, non credo che tu voglia tornarci.» Nicky scosse la testa. «Quindi ora puoi guardare un po' di televisione, ma solo se resti calmo, va bene?»

«Va bene, papà.» Nicky scivolò per terra e accese la televisione, poi andò a sistemarsi sul pavimento. Evan prese una coperta e la portò a Nicky, poi tornò sul divano e si sistemò accanto a Clay, che senza pensarci due volte lo strinse a sé.

«Se devo guardare *Sesame Street*, almeno vorrei coccolarti un po'.» sussurrò Clay all'orecchio di Evan. Quest'ultimo non prestava alcuna attenzione al televisore e tanto meno a qualsiasi altra cosa. La voce di Nicky che cantava la sigla con i personaggi riempiva la stanza, Evan sorrise insieme a Clay, appoggiando la testa sulla spalla del suo amante.

«Aspettavo da tanto tempo questo momento, sai?» sussurrò Evan a Clay.

Clay si tenne ancora più stretto. «Cosa?»

«Tutto questo, qualcuno con cui stare seduto abbracciato.» Evan guardò Clay negli occhi. «Pensavo di averlo, prima, ma...»

«Ora ce l'hai, Ev,» gli disse con dolcezza. «Chi ti conosce meglio di me? Ti conosco da sempre e ti amo per come sei.» Clay si sporse verso di lui per baciarlo.

«Puah, baci,» disse Nicky dal pavimento guardandoli con i suoi occhioni. Evan sorrise e scosse lentamente la testa, però non disse nulla. Il sorriso sul suo volto era già abbastanza eloquente.

Il pranzo e il pomeriggio proseguirono in uno stato di rara armonia e tranquillità. Evan diede a Nicky la medicina nel pomeriggio e lo mise a letto per un pisolino che era durato un paio d'ore. Lui e Clay avevano passato parte di quel tempo amoreggiando sul divano, ma per la metà delle ore Evan aveva cercato di udire altri eventuali visitatori che potevano bussare alla porta, per l'altra metà tentò di sentire Nicky, così finirono per vedere un vecchio film abbracciati sul divano. Per cena mangiarono maccheroni al formaggio e il piatto preferito di Nicky, i chicken nuggets. Una volta finito di cenare e di pulire, Evan collassò sul sofà, la mancanza di sonno si era fatta definitivamente sentire. Qualcuno bussò alla porta e lo svegliò, facendolo sobbalzare. C'erano già state abbastanza sorprese, quel giorno. Si tirò su con qualche verso di lamento, schiuse la porta e vide Wendy che lo guardava. «Va tutto bene?» chiese la ragazza.

Evan aprì la porta. «Sì, entra pure.»

Arrivò anche Nicky e corse ad abbracciare Wendy. «Sono stato all'ospedale, mi hanno fatto girare sul letto e mi hanno fatto delle foto dentro!» le raccontò, eccitato, Evan si chiese dove fosse quell'entusiasmo mentre tutto ciò stava accadendo.

«Wendy, lui è Clay. Credo che vi siate già incontrati tempo fa,» disse Evan, occupandosi delle presentazioni.

«Sì, credo di sì,» osservò Wendy porgendo la mano. «Lieta di rivederti. Evan mi ha parlato un sacco di te.» Si strinsero la mano e si voltò verso Evan. «Non volevo disturbarti, volevo solo assicurarmi che questo ragazzone,» disse, spettinando i capelli di Nicky, «stesse bene.»

«Credono che sia solo un virus, come vedi tu stessa sembra stare molto meglio.» Evan prese Nicky in braccio. «Però credo che sia arrivato il momento della medicina, poi te ne vai a letto.»

Nicky fece una smorfia, gli adulti risero. «Ci vediamo più tardi, allora,» disse Wendy dirigendosi verso la porta. «Mi fa piacere che tu stia meglio,» aggiunse, solleticando il pancino di Nicky per poi andarsene.

«Sembra molto simpatica,» commentò Clay una volta andatasene.

Evan sbadigliò, subito seguito da Nicky, così colse l'occasione per mettergli il pigiama. Seduto in camera, Evan accese il nebulizzatore per la medicina del bambino per poi metterlo a letto. «Mi leggi una storia?» chiese Nicky, sprofondato sotto le coperte.

«Che storia ti piacerebbe?» Nicky gli porse un libro, Evan lo aprì e cominciò a leggerlo. «Peter Coniglio...» Nicky si addormentò prima che arrivasse a metà, Evan sbadigliò un'altra volta mentre usciva dalla camera del bambino.

«Credo che andrò a letto anche io,» commentò Evan. Si era chiesto per tutto il giorno che cosa sarebbe successo a quel punto. Clay sarebbe rimasto? Lui l'avrebbe voluto.

Clay si alzò dal divano e spense le luci in salotto. «Ev, vuoi che me ne vada?»

Scosse la testa e gli porse la mano. La mano di Clay strinse la sua, Evan lo guidò nell'appartamento immerso nell'oscurità, fino alla sua camera da letto. Chiuse la porta e lo guardò, al buio. «Ti ricordi l'ultima volta che ci siamo ritrovati in una situazione simile?»

Clay passò le braccia intorno alla vita di Evan, stringendolo. «Uh-uh. Ero così spaventato che mi mandassi via... che non fossi interessato ad altro oltre alla mia amicizia.» Evan poteva sentire il respiro caldo di Clay sul collo, facendolo rabbrividire per l'eccitazione. «Poi ho capito quanto mi ero sbagliato,» mormorò Clay.

«Penso proprio che tu abbia ragione.» Evan sorrise mentre le labbra di Clay gli cominciarono a tormentare il collo, sentiva la sua lingua sulla pelle. Evan gemette, tenendosi alla schiena di Clay per reggersi sulle gambe già tremanti. Clay continuò a lavorare sulla sua pelle, Evan cominciò a passare le dita tra i capelli morbidi dell'amante, mentre il suo collo veniva travolto da quelle sensazioni. Evan voleva di più. Le labbra scivolarono via ed Evan non sentì più nulla a parte il proprio respiro.

La piccola lampada sul comodino si accese, Evan sbatté le palpebre per la luce. «L'ultima volta che siamo stati insieme, non potevo vederti,» gli spiegò Clay tornando verso di lui, «questa volta, invece, voglio vedere tutto.» Clay, senza dire altro, diede a Evan un bacio talmente intenso da mozzargli il fiato. Lo spinse all'indietro con il suo peso, piombarono sul letto senza che le loro labbra si separassero per un istante.

Era tutto ciò che Evan aveva sognato per anni. Clay, il suo Clay, stava per fare l'amore con lui. Ne aveva avuto un assaggio anni addietro, era più che pronto per il secondo round. Evan ricambiava ogni bacio, divertendosi con la bocca di Clay, togliendogli poi la camicia per ricominciare subito con i baci. Le mani di Clay stavano sbottonando la camicia di Evan. Il tessuto si aprì ed Evan poté sentire il petto di Clay a contatto con il proprio. Era una sensazione diversa per Evan, la peluria rada che aveva sul petto da ragazzino era stata diventata più folta e scura. Evan lasciava che le sue mani vagassero senza meta sul corpo di Clay, nella sua testa paragonava quelle sensazioni a ciò che ricordava. Clay era stato un bell'adolescente, ora era un uomo spettacolare. Clay lo strinse con le sue forti braccia intorno alla vita, le sue labbra avevano intanto trovato i suoi capezzoli tanto sensibili, Evan si contorceva per la delizia stretto nel suo abbraccio. «Clay,» sussurrò Evan con voce tremante, Clay allora alzò lo sguardo per incontrare gli occhi di Evan.

«Vuoi che mi fermi?» domandò Clay, malizioso.

«No,» rispose lui, spingendo il petto in avanti, «non fermarti.»

«Non fino a quando me lo dirai,» rispose lui, respirando sulla pelle umida di Evan. Con le mani e le labbra sul suo petto, Clay lo stava schiacciando contro il letto. Trattenendo il fiato, Evan sentì la mano di Clay scivolargli giù sullo stomaco, le dita lo stuzzicarono appena sopra la cintura per poi slacciarla e passare poi ai suoi pantaloni. «Mi pare che prima fossimo rimasti qui,» lo provocò Clay; una mano teneva la spalla di Evan sul materasso, l'altra lo accarezzava attraverso il tessuto.

Evan avrebbe voluto vedere a tutti i costi ciò che Clay gli stava facendo, ma non poteva. Tutto ciò che poteva fare era concentrarsi su quel contatto, sulla sensazione delle mani di Clay sul suo corpo. Clay lasciò scivolare le dita nella biancheria di Evan, anticipando ciò che stava per fare. Poi Evan sentì l'altro spostarsi, non era più su di lui. Si mise a sedere per capire che cosa stesse succedendo. Clay era in mezzo alle sue gambe e gli stava tirando giù i pantaloni. «Coraggio, spogliati,» gli disse Clay. «Voglio vederti completamente nudo.» I vestiti di Evan scivolarono via, Clay li lasciò cadere sul pavimento. Evan, poi, si tolse la camicia mentre l'altro si slacciava i pantaloni per poi abbassarli.

Clay lo guardava con una sorta di timore, restando appena fuori dalla portata delle mani di Evan, mentre quest'ultimo si godeva la visione del corpo dell'amato. Spalle larghe, fianchi stretti, gambe forti e muscolose. Clay fece un passo verso di lui ed Evan si sentì mancare il fiato, la bocca gli diventò secca. Si avvicinò ancora, Evan si mosse seguendo ciò che pareva suggerirgli lo sguardo dell'altro: sembrava dirgli di stendersi sul letto. Quando sentì il cuscino sotto la testa, sentì Clay avvicinarsi, poi le gambe dell'amato furono sulle sue. Troppo confuso per muoversi, Evan restò fermo mentre Clay si muoveva su di lui. Sentiva le sue dita, il suo bacino, il torace e poi finalmente le mani che lo toccavano. Ogni centimetro di pelle pareva in fiamme, quando Clay lo baciò Evan si avvinghiò alla schiena dell'amato, premendolo sul suo corpo, ondeggiando. Alzando la testa, Clay accarezzò la guancia di Evan.

«Ti voglio, Clay. Ho aspettato a lungo, ti desidero da impazzire,» gli confessò Evan stringendolo, con le gambe avvinghiate alla sua vita.

«Ev,» sussurrò Clay, «è passato tanto tempo anche per me, circa sette anni.»

Evan restò un attimo fermo, poi ricominciò a baciare Clay. Gli piaceva il fatto che Clay non fosse stato con altri uomini dopo di lui. «Non hai mai fatto *questo* prima d'ora?» domandò in un sussurro. Clay scosse la testa. «Devi solo usare le dita,» disse indicando il comodino con lo sguardo. Clay prese la bottiglietta, la aprì e si versò un po' del contenuto sulle dita.

«Non voglio farti male,» sussurrò Clay.

«Non lo farai, non puoi,» replicò Evan, bloccandosi nel sentire le dita di Clay scivolare contro la sua apertura. Un dito fu spinto lentamente dentro il suo corpo facendolo sibilare, trascinò Clay in un bacio che sembrava volergli succhiare via l'anima. «Bravo, è fatta, ora vacci piano,» gli disse Evan, respirando profondamente per poi chiedere a Clay di aggiungere un altro dito. Clay ci mise poco per capire cosa fare, a giudicare da come muoveva le dita dentro e fuori dal corpo di Evan. Raggiungendo il comodino, Evan porse un preservativo a Clay. «Vacci piano.»

Clay tolse le dita, Evan aspettò fino a quando non sentì Clay premere contro di lui. Il corpo di Evan si stava aprendo per lasciar entrare il suo amante. Evan non riuscì a trattenere un sorriso nel vedere lo stupore e la sorpresa sul volto di Clay quando i loro corpi si unirono per la prima volta. Evan sentiva Clay muoversi dentro di lui, lo stava toccando come mai nessuno aveva fatto. Con ogni movimento, Evan sentiva il proprio cuore avvicinarsi un po' a Clay, quello dell'amato si avvicinava un po' a lui. Evan venne, poi sentì Clay fermarsi e urlargli contro le labbra.

Evan strinse Clay fino a quando i loro corpi non si separarono. Lentamente, Clay si tirò su, Evan lo sentì camminare fino al bagno per poi tornare con un asciugamano. Con il suo tocco gentile, Clay lo pulì, poi l'asciugamano raggiunse i loro vestiti sul pavimento e la luce si spense. Evan si mise sotto le coperte e si spostò per fare spazio a Clay, le sue forti braccia lo strinsero a sé. «Ti amo, Evan. Credo di averti sempre amato.»

«Ti amo anch'io.»

«Posso farti una domanda?» chiese Clay, ed Evan annuì contro la sua pelle. «Cosa dovremmo fare, ora?»

Evan si voltò e avvinghiò le braccia al collo di Clay. «Vivremo giorno per giorno e vedremo dove la vita ci porterà.» Evan chiuse gli occhi e si tenne stretto a Clay, chiedendosi se tutto ciò fosse vero e quanto a lungo sarebbe durato. Avrebbe voluto che durasse per sempre, ma probabilmente era qualcosa di troppo in cui sperare.

CAPITOLO
SETTE

«NICKY, se non ti sbrighi faremo tardi!» lo chiamò
Evan dalle scale, poi aspettò fino a quando non sentì il
suono degli stivali sul pavimento, seguiti dal suono di
passi pesanti sulle scale. «Hai preso tutto? Sappi che
non potrai chiamarmi per chiedermi di portarti le scarpe
da ginnastica se te le dimentichi,» aggiunse Evan con
un sorriso.

Nicky alzò gli occhi al cielo con fare
drammatico, come solo un teenager avrebbe potuto
fare. «Ho preso tutto quello che mi avevi preparato,
compresa la roba da sfigato.»

«Intendi la biancheria?» disse Evan riferendosi
alla tendenza del figlio di non indossarla. Da quando si
occupava della lavatrice, Evan era stato curioso
riguardo all'assenza di quel tipo di indumenti da lavare.

«Sai, papà, mi sono sempre chiesto perché tu non
sia come gli altri genitori. Parli di tutto, anche di quello
che normalmente i genitori degli altri ragazzi evitano.
Mi sono sempre chiesto come sarebbe avere un padre
che non parli delle mie mutande.» Evan vide un
bagliore negli occhi di Nicky. «O che non mi chieda se
so usare i preservativi. A proposito, quella cosa con la
banana è stata disgustosa,» aggiunse con una scrollata
di spalle teatrale. Nicky si avvicinò a suo padre, la
smorfia che aveva diventò un sorriso. «O un padre che
a tredici anni non mi abbia chiesto se mi piacessero i
ragazzi o le ragazze dicendomi che sarebbero andate

bene entrambe le possibilità ma che dovevo essere sincero con me stesso. Dio, è stato imbarazzante.» Nicky si fece indietro quando suo padre cercò di dargli un colpetto bonario. Il ragazzo fece cadere la borsa sul pavimento e corse verso la cucina con Evan dietro di lui, entrambi stavano ridendo. «Dannazione, sei veloce per essere un vecchio!» lo provocò Nicky mentre Evan lo acchiappava.

«Porta la tua roba in macchina!» esclamò ridendo, prima di aggiungere, «E un giorno capirai quanto ti sia andata bene.» Evan aprì un armadietto e tirò fuori una scatola con gli snack preferiti di suo figlio, barrette al muesli e alla cannella. «Metti anche queste nello zaino.»

Nicky prese le barrette e sorrise. «Grazie, pa',» disse prendendo la scatola. Evan fissò suo figlio cercando di incidersi nella memoria il suo volto, visto che sarebbe passato un po' di tempo prima di rivederlo. Si voltò per nascondere la propria reazione, sentiva un groppo in gola e andò a prendersi da bere.

Sentendo il rumore degli stivali sul pavimento, Evan si sporse dalla finestra della cucina che dava sul piccolo cortile. La zona dove c'era stata l'altalena di Nicky era ormai ricoperta da arbusti, la struttura in legno era stata data via anni addietro. Ricominciando a respirare, Evan rovesciò il resto dell'acqua nel lavandino prima di tornare in casa e salire al piano di sopra per assicurarsi che Nicky non avesse dimenticato nulla.

Nella camera di Nicky, guardò il letto sfatto e controllò l'armadio nel tentativo di capire se il figlio avesse preso tutto. Fermandosi sulla porta, diede un'occhiata alla stanza, ripensando al giovane uomo che il suo Nicky era diventato. La stanza non assomigliava molto a quella più piccola che aveva nell'appartamento in cui aveva cominciato a vivere con Clay, ma sul comodino c'era una lampada a forma di barca, insieme a trofei e a chissà cos'altro.

Un alce si arrampicò su per le scale – o almeno lo sembrava a giudicare dal rumore – ed Evan si voltò. «Sei pronto, papà?»

Evan annuì chiudendosi la porta alle spalle mentre seguiva Nicky giù per le scale. Non poté fare a meno di fermarsi per osservare una foto con lui e il figlio che giocavano nella sabbia, scattata durante la prima estate che avevano passato insieme. Evan si sentì travolto dai ricordi, come se stessero tentando di portarlo via. Deglutendo, si costrinse a muoversi e a non guardare nessuna delle altre immagini appese o sarebbe scoppiato in lacrime prima di arrivare alla macchina.

Arrivato al fondo delle scale, raccolse l'ultima scatola di Nicky, portandola fuori e mettendola nel portabagagli. «Ho chiuso la porta,» gli disse Nicky. «Posso guidare?»

Quel pensiero lo fece rabbrividire. «No.»

«Prenderò il foglio rosa il prossimo anno,» lo provocò. Evan lo guardò male.

«Diciamo due anni, e quando lo farai ce la metterò tutta per insegnarti, ma fino ad allora non voglio rischiare la vita,» scherzò Evan salendo in macchina. Era l'incubo di ogni genitore, un figlio che imparava a guidare. Evan vide Nicky fermarsi per guardare la casa prima di salire in macchina e chiudere la portiera. Evan mise in moto la macchina mentre il figlio si metteva la cintura. Non appena si furono allontanati dalla casa, Nicky accese la radio impostandola su una stazione terrificante che fece rabbrividire Evan. Quando ebbe finito, Evan si limitò a premere un pulsante per cambiare stazione, cercando qualcosa che non gli facesse venire voglia di tapparsi le orecchie con un punteruolo.

«Papà, quella stazione era figa.»

«Certo, le mie orecchie avrebbero cominciato a sanguinare in un paio di secondi,» replicò con un sorriso. Nicky tirò fuori il suo iPod. Per Evan non era un grosso problema, ma gli lanciò comunque un'occhiataccia.

«Lo so, non devo mettere il volume troppo forte.» Nicky alzò gli occhi al cielo. «Sei peggio di una vecchietta,» lo prese in giro, poi la sua espressione si addolcì. Sistemandosi sul sedile, Nicky cominciò ad ascoltare la musica mentre Evan prendeva la superstrada che portava a nord. Aveva fatto quello stesso viaggio con Padre Val anni addietro. La città si era estesa ulteriormente, ma presto arrivarono in mezzo a campi e colline. Non ricordava benissimo quel viaggio fatto con Padre Val, ma certe sensazioni erano rimaste fisse nella sua testa.

«Nicky,» lo chiamò Evan, vedendo poi suo figlio togliersi le cuffie dalle orecchie. «Ti devo parlare.»

«Devi farlo proprio ora, papà?» si lamentò Nicky, ma spense la musica ed Evan fece altrettanto con la radio.

«Sì, devo,» disse Evan deglutendo. «So che a quattordici anni si ha l'impressione di sapere tutto sul mondo, ma ci sono delle cose che non ti ho detto e che dovresti sapere.» Dio, non avrebbe mai voluto parlarne con Nicky, ma sentiva di doverlo fare. «Sai perché sono diventato un insegnante?»

«Non sei un insegnante, sei un preside,» lo corresse Nicky con un sorriso fiero.

«Sì, ma lo sai perché ho scelto questa carriera?»

Nicky lo guardò alzando leggermente la testa. «No, credevo che fosse perché ti piace.»

«Sì, mi piace, ma c'è altro e dovresti saperlo. Quando ero alla St. Bart, uno dei miei insegnanti ha usato la sua posizione per...» Evan guardò la strada chiedendosi come dirglielo senza spaventarlo. Non voleva che gli succedesse nulla. «Nicky, un insegnante ha abusato di me.» Evan prese un respiro profondo. «I dettagli non sono importanti, e non è più a scuola. Ma voglio che tu mi prometta di avvertirmi se qualcuno dovesse comportarsi in maniera strana o se succedesse a qualcun altro.» L'espressione sul volto di Nicky fece desiderare a Evan di non avergli mai detto nulla.

«E lasci che io vada lì?»

«Non è stata la scuola, è stata una persona, e non lo sto dicendo per terrorizzarti. Voglio solo metterti in guardia per evitare che succeda a te o ad altri. È per questo che sono diventato insegnante e poi preside, perché non volevo che si ripetessero con altri cose del genere,» chiarì Evan a suo figlio. «So che non è piacevole parlarne.»

«Qualcuno ti ha fatto male?» domandò Nicky con gli occhi spalancati tinti da una nota di paura.

«Sì, quindi se dovesse accaderti qualsiasi cosa, o se pensi che qualcuno sia maltrattato da un insegnante o da un altro studente, parlane con Padre Val. Saprà esattamente cosa fare.»

«Non posso narcotizzarlo, papà,» gli disse Nicky. «Hai narcotizzato l'insegnante? È per questo che non è più a scuola?»

«No,» rispose Evan, «non è più a scuola perché l'ultima volta che ha provato a farmi qualcosa mi sono assicurato che non potesse camminare per un bel po' di tempo.»

«Così si fa, papà!» gli disse Nicky con un sorriso e un pugnetto. «Non preoccuparti, nessuno mi farà del male.» Evan guardò suo figlio con una delle sue espressioni da preside severo, sapendo che era l'unico modo per farglielo capire. «Va bene, papà, ti prometto che se mi dovesse succedere qualcosa, te lo dirò.»

«Ottimo, perché sei mio figlio e non voglio che ti accada niente di brutto,» gli disse Evan, Nicky si mise di nuovo le cuffiette nelle orecchie prima di accendere l'iPod, per poi toglierle qualche minuto dopo.

«Ti sono successe altre cose orribili? Intendo, oltre alla morte dei miei genitori, simile a quella dei miei.»

«Sì,» rispose Evan, sincero, «e ti prometto che ti dirò tutto quando sarai più grande.»

Nicky parve accettare quella risposta, poi si riconcentrò sulle cuffie ed Evan guidò in una silenziosa contemplazione del paesaggio, riconoscendo molti punti di riferimento man mano che si avvicinavano alla scuola. Spuntarono poi l'edificio principale, la torre e il resto della scuola, in cima alla collina. Sembrava tutto uguale a prima, Evan fu trasportato indietro al momento in cui aveva visto quell'edificio per la prima volta insieme a Padre Val. in quel momento ne era stato quasi spaventato.

Mentre si avvicinavano, Nicky si tolse le cuffie e mise via l'iPod. «Vedi quel pendio?» domandò Evan indicandolo. «Durante l'inverno ci andavamo con gli slittini, lì vicino poi c'è un orto, anche il prato dove giocavamo con la palla o con il frisbee quando c'era il sole.»

«Lo so, papà. Me l'hai detto quando siamo venuti qui in primavera.» Nicky alzò gli occhi al cielo con fare teatrale. «E lì facevate volare l'elicottero.»

Si stavano avvicinando sempre di più e la macchina si arrampicava su per la collina. Oltrepassarono il cimitero e proseguirono fino al parcheggio sulla cima al pendio. Uscendo dalla macchina, Evan respirò profondamente, i ricordi si stavano facendo sentire. Guardando verso il dormitorio, quasi si aspettava di veder uscire l'Evan diciassettenne insieme a Dex, Frankie, Peter e Patrick.

«Papà, hai intenzione di passare tutta la giornata nel mondo dei tuoi ricordi o mi aiuti a scaricare?» Evan si guardò intorno e vide Nicky accanto al portabagagli che lo aspettava. Andò ad aprire il portellone, tirò fuori una valigia e si diresse al dormitorio.

All'interno, non sembravano esserci stati molti cambiamenti, Evan si diresse verso il piano delle matricole, dove un fratello aspettava con una cartellina. «Nicolas Donaldson,» gli disse Nicky.

«Sì, sei nella stanza quindici, nel corridoio, sulla destra,» disse, indicando. «Sono il supervisore del piano, se dovessi avere qualcosa da chiedere o bisogno d'aiuto, rivolgiti a me.»

«Grazie,» rispose Nicky, dirigendosi verso la sua stanza mentre Evan lo guardava.

«Posso aiutarla?» domandò il fratello.

«Fratello Timothy?» domandò Evan sul punto di sorridere. «Scusa,» disse, posando la valigia. «Sono Evan Donaldson. Sono venuto a scuola qui, oh, credo che fosse diciotto anni fa.»

«Evan.» Sembrò scavare nella propria memoria prima di sorridere. «Oh, mio Dio, non l'avrei mai detto. Nicolas è tuo figlio?»

«Sì, l'ho adottato quando aveva quattro anni,» rispose Evan. «Scusami,» disse, vedendo Nicky sporgersi dalla stanza. «Mi vuole. Mi ha fatto piacere vederti,» aggiunse portando la valigia di Nicky lungo il corridoio. Arrivato alla camera, sentì la voce eccitata del figlio e quella di un altro ragazzo, stavano parlando di gruppi che per Evan non significavano nulla, ma che facevano impazzire gli adolescenti. «Ecco la tua valigia,» disse, posandola sul pavimento.

«Grazie, papà. Puoi portarmi il resto della roba che c'è in macchina?» gli chiese Nicky senza neanche guardarlo.

«Cosa credi che sia, un mulo da soma? Alzati e vattela a prendere!» replicò Evan lanciando uno sguardo truce al figlio e scuotendo la testa.

«Ti aiuto,» disse l'altro ragazzo, alzandosi. Entrambi corsero giù per il corridoio senza smettere di chiacchierare.

«Sembra che siano diventati amici in un batter d'occhio.» Evan si voltò e vide una donna bassa e grassottella. «Sono Romona Peters, il ragazzo con suo figlio è mio figlio Eddie. Temevo che potesse avere difficoltà a farsi degli amici, ma sembra che per ora se la stia cavando bene.»

Evan annuì lentamente guardando il punto in cui i ragazzi erano scomparsi fuori dalla porta. «Sono Evan Donaldson e quello è mio figlio Nicky.» Si voltò verso di lei «Penso che lei abbia ragione, se la caveranno bene, probabilmente non avranno bisogno del nostro aiuto. Le va di prendere una tazza di caffè?»

Lei gli sorrise. «Mi farebbe piacere,» rispose Romona, Evan allora la condusse nella direzione giusta.

«Il bar è qui vicino, dobbiamo uscire.»

«Lei è già stato qui, prima?» domandò lei mentre raggiungevano le scale.

«Ho frequentato questa scuola,» le spiegò. «È passato del tempo, ma sembra che non sia cambiato molto.» Proseguirono fuori, lungo il marciapiede. Aprirono la porta e trovarono un tavolo con biscotti e una brocca di caffè. Riempiendo una tazza, si unì a Romona e a qualche altro genitore a un tavolo.

«Allora, signor Donaldson, dov'è la mamma di Nicky?» domandò Ramona innocentemente.

«I genitori di Nicky sono morti quando era piccolo e l'ho adottato,» spiegò Evan, supponendo che non fosse necessario entrare nei dettagli.

«Quanti anni aveva?»

Evan sorrise. «Quattro. Quando è arrivato da me, i suoi genitori erano morti in un incidente qualche settimana prima. Era il bambino più adorabile che avessi mai visto.» Evan si sarebbe ricordato quel giorno per tutta la vita, per molti motivi. La conversazione poi si spostò su altri argomenti ed Evan si rilassò, chiacchierando con gli altri genitori fino a quando non cominciarono ad alzarsi e ad andarsene. Molti di loro avrebbero dovuto guidare molto più a lungo di lui per tornare a casa. Evan li salutò, poi lui e Romona si diressero verso la camera dei loro figli. I due stavano disfacendo le valigie, continuando a parlare, Evan dubitava che si fossero accorti dell'assenza dei genitori.

Romona stava salutando, Evan lasciò la stanza portandosi dietro Nicky, per dare alla donna e a suo figlio qualche minuto insieme. «Vado a trovare Padre Val, ma penso che ripasserò prima di andarmene.»

«Non preoccuparti, Papà. Eddie è troppo simpatico. Credo che mi troverò bene, qui,» disse Nicky, sfoggiando un ampio sorriso. Non che Evan fosse preoccupato, ma era comunque rassicurante vedere Nicky andare così d'accordo con il compagno di stanza. Il ragazzo tornò nella camera quando Romona uscì, la donna si stava asciugando gli occhi con un fazzoletto mentre salutava.

Dopo aver sbirciato un'ultima volta nella stanza, Evan camminò lungo il corridoio, salendo poi lungo le scale per dirigersi all'edificio accademico. Una volta arrivato all'esterno, si fermò sul marciapiede, osservando alcuni ragazzi che giocavano a palla. Dex aveva provato più volte a insegnargli qualche rudimento del football ma non c'era proprio verso, non riusciva a imparare il lancio a spirale. Mentre era lì fermo, sentì qualcuno fermarsi accanto a lui. «Quanti ricordi mi tornano in mente,» disse a voce bassa.

«Ci sono ragazzi che giocano su quel prato da più di un secolo, ormai.» Evan conosceva quella voce. Voltandosi, riconobbe un paio di occhi familiari.

«Padre Val,» disse Evan. Sembrava più vecchio, c'era qualche ruga intorno ai suoi occhi, ma erano ancora limpidi e attenti come se li ricordava. «Stavo giusto per venire da te.» Evan aspettò qualche secondo prima di aggiungere, «Sono Evan.»

La confusione momentanea di Padre Val si trasformò in pura gioia. «Mamma mia, speravo proprio di vederti. Quando ho ricevuto l'iscrizione di tuo figlio, non ho collegato le due cose.» Padre Val si diresse verso l'edificio, Evan cominciò a seguirlo. «Non mi sarei mai aspettato che tu avessi un figlio.»

Evan aprì la porta e fece entrare Padre Val. «Ho adottato Nicky quando aveva quattro anni,» spiegò, seguendo l'anziano prete lungo il corridoio. «I suoi genitori sono morti, esattamente come i miei.»

Padre Val si fermò per un secondo fuori dalla sua porta prima di aprirla, Evan entrò. L'ufficio sembrava uguale a come se lo ricordava, Evan prese posto su una delle vecchie sedie. «Da quanto ho capito sei un preside. Perché Nicky non va alla tua scuola?»

«Ne abbiamo parlato e abbiamo deciso così, è sempre stato il figlio del preside e vorrebbe essere qualcun altro, questo è importante. Inoltre, qui sono nate delle amicizie importantissime che durano da una vita. Sono ancora in contatto con Dex e Frankie e occasionalmente sento anche altri.»

«Non so come chiedertelo, ma cosa mi dici di Clay? L'ultima volta che sei stato qui mi hai chiesto un consiglio, mi sono sempre domandato se fosse stato giusto o meno.»

«A lungo ho pensato che tu ti fossi sbagliato, ma no, non l'hai fatto,» disse Evan con un sorriso. «Avevi ragione. Ci sono voluti quasi sette anni, ma io e Clay abbiamo trovato il modo per ricongiungerci. Clay è un avvocato e mi ha aiutato con l'adozione, dopo un po' di complicazioni ci siamo ritrovati. Sono stati i dieci anni più felici della mia vita. In qualche modo devo ringraziarti, se fossimo rimasti insieme dopo la scuola ora non starei con lui. Dovevamo crescere entrambi. Abbiamo cresciuto Nicky insieme e costruito ciò che considero una splendida vita per noi e per lui.» Evan si sentiva quasi mancare il fiato. «Ci siamo amati, abbiamo badato l'uno all'altro da quanto possa ricordare e per molti motivi devo ringraziare proprio te. Per avermi portato qui,» disse Evan, guardandosi intorno, «e per avermi dato la possibilità di vivere. Ti devo molto.»

Padre Val si alzò da dietro la scrivania e raggiunse Evan. «Non devi niente né a me né alla scuola. Sì, ti abbiamo dato una casa quando ne avevi bisogno, ringrazio Dio ogni giorno per averti portato da me, ma guarda che cos'hai fatto.»

«Non credo di capire.»

«Ti abbiamo dato una casa, tu l'hai data a qualcun altro. Guarda tuo figlio. È un ragazzo vivace, oserei anche dire felice e in salute. E non dimentichiamo gli studenti che hai aiutato e incoraggiato nel corso degli anni. Forse non lo sai, ma Arthur Pinkus è stato uno studente della St. Bart un po' di anni prima del tuo arrivo, sono stato un suo insegnante. Una volta che lui ha scelto la stessa carriera abbiamo parlato spesso, un giorno di molti anni fa, mi ha detto di aver assunto uno dei nostri diplomati, 'Una brillante mente matematica', ti ha chiamato. Mi ha detto che avresti potuto fare qualsiasi cosa, ma che avevi una vocazione per l'insegnamento e sapevi come comportarti con gli studenti. Hai usato il dono che ti ha fatto Dio per migliorare le vite delle altre persone, continuerai a farlo anche quando noi ce ne saremo andati. Quindi lo ripeto, Evan, non ci devi nulla.»

Padre Val fece silenzio, Evan lo guardò chiedendosi che cos'altro volesse dire. «Clay è qui con te?»

Evan scosse la testa. «Voleva venire, ma aveva un appuntamento troppo importante.»

«Più importante di suo figlio?» domandò Padre Val, sorpreso.

«Dopo che Clay mi ha aiutato ad adottare Nicky ha ricevuto altre richieste di aiuto con le adozioni, quindi si è occupato anche di quelle.» Evan si raddrizzò sulla sedia mentre pensava a Clay. «È un legale per la tutela dei minori, oggi sta aiutando qualcun altro a trovare una nuova casa. Lui e Nicky si sono salutati questa mattina, verrà qui per i colloqui il prossimo mese. Nicky gliel'ha fatto promettere.» Evan si ritrovò a sorridere guardandosi intorno. «È buffo, ovunque guardi mi aspetto di rivedere le persone che ho conosciuto quando ero qui.» Evan teneva le mani in grembo muovendo le dita nervosamente.

«Credo tu mi voglia chiedere qualcosa.»

«C'è una cosa che voglio sapere da un po', credo che tu sia l'unico a potermi dare una risposta. Ho cercato di tener tutto fuori dalla mia testa per anni.» Evan deglutì. «Non ho dato nessun dettaglio a Nicky, ma mi sono ripromesso di farlo quando sarà più grande.»

«Non saprà nulla da nessuno di noi.» Evan sentì il tocco di Padre Val sul suo braccio. «Insegno da quarant'anni e ciò che ti è successo è la cosa di cui mi rammarico maggiormente. Ho pregato per avere un aiuto ogni giorno da allora, ho sempre guardato i ragazzi cercando i segni che avevo visto su di te. Mi dispiace per ciò che è successo, mi dispiace anche di più per non aver fatto nulla quando me l'hai detto.»

«Lo capisco e ti ho perdonato molto tempo fa. Attaccarsi all'odio e all'ira non aiutava, peggiorava le cose. Quello che vorrei chiederti è se sai cosa è successo a Fratello Renier. Vedevo il suo volto nei miei incubi e a volte mi capita ancora, la differenza è che ora in quegli incubi è a Nicky che succede. Vedo sempre la faccia di quell'uomo.»

«Sei in cerca di vendetta? Perché quella è distruttiva come l'odio e l'ira.»

«No, credo che vorrei chiudere la questione,» rispose Evan a voce bassa, non del tutto sicuro riguardo a cosa intendesse o a cosa volesse ottenere con quella domanda. Per anni aveva provato a lasciarsi tutto alle spalle, per la maggior parte del tempo c'era riuscito. Aveva imparato tempo addietro a quanto peggiorasse la vita il rimuginare ai dolori passati, inoltre molte persone avevano riempito i suoi giorni di felicità. «Avrei voluto lasciar perdere, ma dopo tutti questi anni ho capito di non poterci riuscire. Speravo che tu potessi dirmi qualcosa.»

L'espressione di Padre Val non tradiva alcunché, inizialmente Evan pensò che non avrebbe ottenuto nulla, poi il prete sospirò appena. «Devo essere cauto con ciò che dico, ma dopo che ha lasciato la scuola, Fratello Renier ha viaggiato molto. I pettegolezzi sembravano precederlo e non riuscì a trovare lavoro. So che ha passato molto tempo in un monastero in Europa.

Mi è stato detto che ha pregato molto per ciò che ha fatto e ha passato diversi anni in isolamento.»

Evan dovette trattenersi dal farsi beffe di lui. Quell'uomo era un pedofilo, dubitava che la preghiera potesse aiutarlo. Forse una psicoterapia intensiva, ma non molto altro.

Padre Val sospirò di nuovo. «Credo che Fratello Renier si sia dispiaciuto per il suo comportamento e che abbia passato degli anni a cercare di scacciare i suoi demoni. Onestamente non so dirti se ci sia riuscito. Due anni fa, però, è venuto da me, o più precisamente mi ha chiamato dal suo letto dall'ospedale. Non aveva posto dove andare e non poteva più badare a se stesso. Sono andato a trovarlo e aveva scoperto di avere il cancro. Da allora, la sua malattia si è stabilizzata, ma non sarà mai più in grado di vivere da solo.»

«Quindi sai dove si trova?» domandò Evan.

Lo sguardo di Padre Val si addolcì e inclinò lievemente la testa. «Fratello Renier è nella casa parrocchiale.»

Evan si sentì come colpito da un pugno allo stomaco. Fissò Padre Val, incredulo. «Lui è qui? Cosa ci fa un mostro del genere così vicino a una scuola?» Evan si alzò, camminando verso la porta. Il suo primo istinto fu quello di portare Nicky via da lì. Non poteva assolutamente stare così vicino a chi aveva abusato di lui.

«Evan.» la voce di Padre Val trasmetteva una stabilità che Evan riconobbe. Era lo stesso tono che usava con i suoi studenti. «Per favore, siediti.» Riluttante, Evan si sedette sul bordo della sedia, aspettando una spiegazione dal prete. «Fratello Renier è costretto a letto ed è sempre stato così da quando è qui. Non ha contatti con nessuno studente, inoltre,» aggiunse fermamente Padre Val, «è uno dei fratelli, e dobbiamo prenderci cura l'uno dell'altro senza contare i peccati commessi. Non l'avrei portato qui se avesse potuto costituire un pericolo per gli studenti. Per quanto ne so, nessuno di loro l'ha mai visto.»

Un po' della rabbia di Evan svanì. Non gli andava a genio l'aver un personaggio del genere così vicino a suo figlio, al di là delle circostanze. «Lui sta...»

«Morendo? Sì,» disse Padre Val. Evan non poté dispiacersene, anzi, sperò che fosse doloroso. «Fratello Renier è un peccatore, noi tutti lo siamo, e come tutti noi morirà. La sua morte giungerà più presto che tardi.» Padre Val si alzò ed Evan fece altrettanto. «Spero che tu possa avere ciò che cercavi e che tu possa trovare la pace.» Padre Val gli porse la mano ed Evan gliela strinse prima di lasciare l'ufficio.

Al centro dell'edificio accanto alla scalinata, Evan guardò le spirali che si estendevano fino al tetto. Fece un passo sul primo scalino, fino ad arrivare al primo piano e lungo il corridoio, passando davanti a una classe. Conosceva quella porta e conosceva la stanza. «Evan.» la voce di Padre Val lo fece sobbalzare. Non l'aveva sentito dietro di sé. «Vuoi vederlo?»

Avrebbe dovuto rispondere «Certo che no.» Avrebbe dovuto voltarsi e andarsene, ma non ci riuscì. I suoi piedi sembravano ancorati al pavimento. Sbloccandosi, aprì la porta ed entrò nella stanza. Per un secondo, Evan tornò a essere un diciassettenne travolto dalla paura. Poi tutto cambiò e vide la classe per com'era realmente, ovvero come una semplice classe. I muri erano stati ridipinti, i banchi nei suoi ricordi se ne erano andati, rimpiazzati da altri più nuovi. I vecchi armadietti contro il muro erano stati portati via. Voltandosi verso il muro posteriore, Evan vide lo stanzino, ma non c'era più la porta. Avvicinandosi, vide un passaggio che portava a ciò che sembrava essere un laboratorio informatico. «Tutti gli armadi nelle stanze sono stati ristrutturati poco dopo che te ne sei andato. Ora abbiamo aule studio e laboratori informatici,» spiegò Padre Val mettendo una mano sulla sua spalla. «Questo vuol dire anche che un docente in un'aula può vederne un'altra.»

Evan si voltò, sorridendo appena mentre un pizzico del dolore che aveva portato per tutti quegli anni scivolava via. Quell'uomo non gli avrebbe più potuto far male, era tempo di mettere tutto da parte. «Sì.» Evan guardò Padre Val negli occhi. «Mi piacerebbe vederlo,» disse, con una calma sorprendente. Padre Val annuì e lo condusse fuori dalla stanza.

Sul sentiero illuminato dal sole che portava alla parte posteriore della proprietà, Evan si fermò e prese un respiro profondo nella frizzante aria autunnale. «Non devi farlo per forza,» lo avvertì Padre Val. *Doveva* farlo. Non ne capiva il perché fino in fondo, sapeva solo di doverlo vedere.

Una volta arrivati davanti alla porta della casa parrocchiale, Evan seguì Padre Val all'interno e lungo il corridoio, fino all'ultima porta sulla destra. Evan guardò all'interno. Nella piccola stanza c'erano un letto da ospedale, un tavolo e poco altro. I monaci vivevano in maniera molto sobria, era evidente. Una figura esile riposava tra le coperte con gli occhi chiusi. Respirando profondamente, Evan fece un passo dentro la stanza, guardando l'uomo mentre apriva gli occhi, sbattendo le palpebre. Evan non riconobbe nulla di quella persona. Non sembrava avere nulla dell'uomo che riempiva i suoi incubi, ma quando lo guardò negli occhi riconobbe la stessa anima che ricordava e sentì un brivido lungo la schiena. «Padre Val?» domandò l'uomo in un sussurro.

«È solo qualcuno che ti vuole vedere,» rispose Padre Val. «Era uno studente qui.»

Fratello Renier guardò Evan, che ricambiò quell'occhiata in un modo che sorprese se stesso. Era l'ultima possibilità per affrontare emotivamente l'uomo che l'aveva tormentato e non intendeva tirarsi indietro. «Ti conosco?»

«Ci siamo conosciuti molto tempo fa,» replicò Evan, chiedendosi che cosa si fosse aspettato da quella visita. «Ero uno dei tuoi studenti.»

«Non mi ricordo di te,» disse Fratello Renier, alzando la testa dal cuscino per un breve istante. Sembrava poco più di uno scheletro ricoperto di pelle, le guance erano infossate e tutta la vitalità era svanita.

«Io mi ricordo di te, molto bene,» rispose Evan severo, cercando di decidere cosa fare, fino a realizzare che non era importante. L'uomo sarebbe morto, lui e Clay sarebbero rimasti vivi come tutte le persone che amava. Quell'uomo non poteva più far male a nessuno. L'età e la malattia avevano cancellato tutto ciò che poteva essere stato.

«Dovremmo andare,» gli disse Padre Val dalla porta. Senza dire altro, Evan si voltò e guardò il prete per un istante, poi si voltò di nuovo verso Fratello Renier.

«C'è un posto speciale all'inferno prenotato per te,» disse Evan a voce abbastanza bassa da farsi sentire solo da Fratello Renier. Tirandosi su, Evan si voltò un'ultima volta, poi lasciò l'edificio tornando all'aria fresca. Respirando a pieni polmoni, Evan si stiracchiò come se si fosse appena risvegliato da un lungo sonno. Sentì Padre Val avvicinarsi, i suoi passi facevano scricchiolare le prime foglie secche dell'autunno. «Grazie,» disse Evan, voltandosi verso l'uomo che l'aveva salvato dalla strada fino a diventare quasi un padre e mentore per lui. «Ci vediamo il giorno dei colloqui, ma se dovessi venire in città chiamami. Clay e io saremmo felici di rivederti.»

Padre Val annuì e gli porse la mano, ma Evan si avvicinò e lo strinse in un abbraccio. «Ti voglio bene,» sussurrò, mentre l'uomo ricambiava quel gesto. Tirandosi indietro, Evan sorrise un'ultima volta prima di tornare verso il dormitorio.

Mentre si avvicinava alla stanza di Nicky, Evan poteva sentire il chiacchiericcio dei ragazzi. Quando guardò all'interno vide un gruppo di adolescenti seduti per terra intenti a giocare a un gioco di carte che non riconobbe. Evan sorrise mentre arrivava il turno di Nicky, giocò le sue carte e si alzò. «Papà, qui è fantastico!» gli disse, eccitato.

«Visto che ti sei sistemato, credo che andrò,» spiegò Evan. Nicky lo abbracciò. «Ti voglio bene,» disse al figlio.

Nicky lo stritolò. «Ti voglio bene anch'io, papà. Dì a Clay che mi aspetto di vederlo il giorno dei colloqui.» Nicky gli si avvicinò e per un attimo Evan rivide il bambino che aveva portato a casa. «Digli *ti voglio bene* da parte mia.»

«Lo farò,» promise Evan, trattenendosi dal baciare la fronte di suo figlio. «Ho un'ultima buona notizia per te, o almeno per me,» disse al ragazzo con un sorriso. «Ho scoperto che le suore sono andate in pensione.»

«Cavolo, papà!» disse Nicky con una finta indignazione «Niente cibo delle suore,» dissero insieme, ridendo, poi Nicky aggiunse, «Mandami comunque un pacco di cibo, non si sa mai.»

Nicky sciolse l'abbraccio e fece un passo indietro, sorridendogli prima di tornare in camera, dove il gioco e le chiacchiere ricominciarono quasi immediatamente. Evan uscì dall'edificio diretto alla macchina. Guidando giù per la collina, seguì la strada di campagna fino alla superstrada. Mentre si immergeva nel traffico, riuscì a vedere di sfuggita un'ultima volta la strada sulla collina. Concentrandosi sull'asfalto, guidò verso casa lasciandosi il passato alle spalle.

Evan passò la maggior parte del viaggio a riflettere, il suo spirito era più leggero di quanto non fosse mai stato. I suoi vecchi demoni sembravano essere svaniti. Cercò di non sentirsi troppo entusiasta, quando lo faceva qualcuno o qualcosa riusciva a rovinare tutto, ma era difficile non sentirsi bene. Aveva affrontato l'uomo che aveva abusato di lui e aveva rimpiazzato il volto che aveva tormentato i suoi incubi con l'immagine di una creatura in uno stato pietoso, ferma in un letto da ospedale. Abbassando il finestrino, Evan lasciò che l'aria scaldata dal sole lo travolgesse, respirando profondamente ed espellendo le ultime sensazioni negative, lasciando che volassero via con il vento.

Durante il viaggio, Evan si fermò per un pranzo leggero prima di continuare verso casa, arrivando a destinazione nel tardo pomeriggio. Non si aspettava di trovare Clay a casa, così non si sorprese nel non trovare la sua macchina al suo posto. Aveva provato a chiamarlo qualche volta ma non aveva ricevuto risposta, quindi probabilmente era ancora occupato.

Entrando in casa, Evan gironzolò fino alla stanza di Nicky, sembrava che fosse passato l'Uragano Nicolas. Passò un po' di tempo facendo il letto e raccogliendo i vestiti sporchi per poi metterli nel cesto in bagno, tenendosi impegnato. Una volta finito, chiuse la porta. Quando era vicino all'ingresso, aveva la mano sul pomello quando sentì una macchina suonare il clacson dall'esterno. Precipitandosi fuori, Evan vide Clay scendere dalla macchina chiudendo la portiera. «È andato tutto bene?» domandò Evan andandogli incontro, Clay sorrise.

«C'è voluto un po' più del previsto, ma è fatta!» gli disse Clay entusiasta, abbracciandolo prima di andare ad aprire la porta posteriore.

Evan guardò all'interno, un paio di grossi occhi scuri ricambiò lo sguardo. «Ciao, Anna,» disse Evan, entrando per togliere la bambina dal seggiolino. «Al tuo fratellone dispiaceva dover andare a scuola, ma oggi è ufficiale.»

«Sì,» disse Clay da dietro di lui, «da oggi lei è nostra figlia.»

Evan la tirò fuori dalla macchina, tenendo stretta quella piccoletta di diciotto mesi prima di cominciare a fare delle piroette. Anna rise. «Sei davvero nostra,» le disse Evan tenendola stretta.

«Il giudice ha annullato i diritti di sua madre nei suoi confronti, come ci aspettavamo e ha firmato per l'adozione.»

«Sua madre ha ottenuto qualche visita?»

Clay saltellò sui tacchi. «No. Una sentenza per omicidio non la rende una madre idonea, quindi il giudice ha annullato tutti i suoi diritti. È tutta nostra senza alcun intralcio o clausola.»

Evan smise di muoversi e guardò Clay. «Che avvocato che sei.»

«E mi ami,» replicò Clay, sporgendosi per un bacio.

Evan gliene diede uno sulle labbra mentre Anna faceva una pernacchia sulla guancia di Clay. «Portiamola dentro. Probabilmente ha bisogno di un pisolino, considerando che abbiamo passato la maggior parte della giornata a riempire moduli.» Clay diede un bacio sulla guancia della loro bambina. «È stata molto brava,» disse Clay solleticandole il pancino. «Sì, lo sei stata.»

Anna si dimenò ed Evan la mise a terra. Fece qualche passo, poi cadde all'indietro sul sedere con il pannolone. Si tirò su e andò sul prato, cadendo di nuovo e rialzandosi. «Nic, Nic,» disse, indicando la porta e camminando verso la casa. «Nic.»

«Nicky è andato a scuola, Anna,» spiegò Evan mentre la raggiungeva, tirandola su tra le sue braccia. «Non posso credere a tutti i progressi che ha fatto.»

«Non ci poteva credere neanche il giudice,» disse Clay, tirando fuori dalla macchina la borsa dei pannolini, «era sbalordita.» Quando avevano ricevuto Anna, la bambina aveva quindici mesi, era malnutrita e incapace di parlare o camminare. Aveva mosso i suoi primi passi da Evan a Nicky senza guardarsi indietro. Aveva cominciato a parlare da poco, ogni giorno la piccola diceva delle nuove parole.

«Papi,» disse Anna, indicando Clay.

«Andiamo a fare un pisolino, tesoro,» disse Evan mentre Clay apriva la porta. Mettendola a terra, cominciò a camminare attraverso la casa, fino alla cucina, andò a indicare la porta del frigorifero. «A quanto pare sei affamata,» commentò Clay spostandola prima di aprire la porta. Le porse un pezzo del formaggio che teneva per i suoi spuntini. Lasciandosi cadere sul pavimento, cominciò subito a mangiare senza troppi preamboli. Una volta finito, Evan la prese in braccio per portarla al piano di sopra, nella sua stanza.

«Nic,» ripeté Anna, indicando la porta della camera di Nicky mentre Evan si era fermato davanti alla sua. Evan aprì la porta del ragazzo facendole vedere che era vuoto. «Nic,» piagnucolò, guardandosi intorno e dimenandosi per scendere.

«Coraggio, Anna. Nicky è a scuola, ma tornerà. Andiamo a fare un pisolino,» le disse Evan mentre la piccola continuava a guardare la stanza, cominciando a piangere. «Va tutto bene, dolcezza, non se n'è andato per sempre. Il prossimo mese, quando andremo a trovarlo, puoi venire anche tu.» Evan entrò nella sua stanza e la mise sul tavolo per il cambio, dove le cambiò il pannolino per poi metterle il pigiama, continuò a piangere per tutto il tempo.

La prese in braccio prima di sporgersi nel corridoio. «Clay, puoi venire un attimo a darmi una mano?» lo chiamò Evan, pochi secondi dopo si sentirono i passi di Clay sulle scale. «Mi puoi portare un telefono e il numero della St. Bart? Altrimenti, questa non si consola.»

«Certo, tesoro,» disse Clay, tirando fuori il cellulare dalla tasca. «Torno subito.» aggiunse prima di ritornare con il numero di telefono. Dopo aver composto il numero, Evan aspettò che rispondesse qualcuno, cullando Anna e camminando del frattempo, per calmarla.

«Pronto, vorrei parlare con Nicolas Donaldson, per favore.» Evan restò in attesa e dopo qualche minuto sentì la voce di Nicky. «Nicky, c'è qualcuno che vorrebbe parlare con te,» disse Evan a suo figlio, poi mise il telefono all'orecchio di Anna. Si calmò immediatamente ascoltando il suono della voce di Nicky.

«Nic, Nic,» disse, eccitata, poi cominciò a farfugliare qualcosa nel suo linguaggio, parlando come una matta.

«Va bene, ciao Anna,» sentì dire Nicky.

«Ciao,» disse. Evan le tolse il telefono.

«È rimasta inconsolabile da quando Clay l'ha portata a casa e tu non c'eri,» spiegò Evan. «Mi dispiace interrompervi ma volevo anche dirti che è ufficiale, ora hai una sorellina.» Dall'apparecchio arrivò un urlo di gioia quasi assordante.

«Quindi è andato tutto bene?» domandò Nicky una volta calmatosi.

«Sembra di sì. Clay non mi ha ancora detto tutto ma pare che sia così. Ci rivediamo il mese prossimo.»

«Va bene, papà, ti voglio bene.» Nicky riattaccò ed Evan chiuse la chiamata mentre Anna sbadigliava.

«Ora si va a nanna,» le disse Evan mettendola a letto. «Ho il tuo coniglietto.» Evan le porse lo stesso pupazzo che aveva usato Nicky. Non aveva idea del perché l'avesse tenuto per tutti quegli anni, ma quando Anna era arrivata si era subito affezionata a quell'oggetto più che a ogni altra cosa. «Notte notte,» aggiunse, dandole il biberon che Clay aveva portato insieme al numero di telefono, poi lasciò la stanza, visto che gli occhi della bambina erano già quasi chiusi.

Nel corridoio, Evan si scontrò con Clay e si ritrovò tirato in camera da letto. «Quindi che è successo alla St. Bart? Hai rivisto Padre Val?»

Evan si sedette sul bordo del letto, raccontando tutto ciò che era successo. Una volta finito, Clay fischiò. «Sembra che la tua giornata sia stata più movimentata di quanto tu avessi programmato.»

«Sì,» concordò Evan, sbadigliando. «Credo che mi riposerò un po'.» Si tolse le scarpe e si stese sul copriletto. Clay gli mise una coperta sopra e poi si tolse le scarpe e si sistemò sul letto dietro di lui, a cucchiaio. «Sai, non credevo che avrei voluto rivedere Fratello Renier, mai più in tutta la mia vita, ma mi ha fatto bene. Non può più far del male né a me né a chiunque altro.

«L'hai perdonato?» gli domandò Clay, tranquillo.

«No. Ci ho pensato, ma ciò che ha fatto è imperdonabile. Invece, gli ho detto la verità, cioè che ha un posto prenotato all'inferno. Non mi farà più del male, ma si merita tutto ciò che la giustizia ha in serbo per lui nell'aldilà.» Evan cominciava a sentire gli occhi pesanti.

«È stato nei tuoi incubi per anni,» gli disse Clay, accoccolandosi più vicino.

«Penso che ora sia tutto finito. Non mi può spaventare, ora. Quell'uomo sembrava uno scheletro con pelle e occhi. Non aveva più nulla di lui.» Cullato dall'abbraccio di Clay, Evan lasciò che il sonno avesse la meglio.

«Pa, pa, pa, pa, pa...» sentì Evan dalla stanza di Anna. Aprendo gli occhi, scoprì d'aver dormito per quasi due ore. Clay lo stava ancora stringendo e non si sarebbe voluto muovere, ma la signorina Polmoni D'acciaio era di un altro parere.

«La vado a prendere,» disse Clay con uno sbadiglio, scivolando giù dal letto.

«Grazie,» rispose Evan, «dev'essere affamata.»

«Proprio come il suo papà,» disse Clay sporgendosi sul letto. Evan girò la testa, beccandosi un bacio mentre Clay gli dava una pacca sullo stomaco.

«Stai cercando di dirmi che ho messo su peso?» domandò Evan, impacciato.

«Non mi permetterei mai,» rispose Clay, togliendo braccia e mani mentre la stanza veniva raggiunta da altre urla della figlia, questa volta più forti. «Meglio che vada prima che cominci a tirare oggetti.»

Evan chiuse gli occhi, le urla di Anna si trasformarono in strilli di gioia mentre Clay la toglieva dal lettino, poi sentì la voce dell'uomo mentre parlava ad Anna durante il cambio del pannolino. Non serviva essere lì per vederlo. Lo capiva da Clay e dai suoni. Poi seguì il verso dell'aeroplano mentre Clay faceva «volare» Anna nella loro camera, mettendola sul letto accanto a lui. «Pa, Nic,» gli disse all'orecchio, Evan la abbracciò e le alzò la maglietta prima di farle una pernacchia sulla pancia e di farle emettere dei gridolini divertiti.

«La fanciulla è testarda, eh?» considerò Evan mettendosi a sedere e alzando Anna. «Ora ti diamo la pappa, poi i tuoi papà hanno un po' da fare.» Evan non riusciva a fare a meno di mettere i DVD di *Baby Einstein* per tenere impegnata Anna mentre loro avevano da fare. Diceva che fosse educativo, ma in realtà era una scusa visto che era l'unico modo per tenerla occupata una mezz'ora. Quindi, dopo aver messo Anna sul seggiolone e dopo averle dato da mangiare, Evan mise un DVD nel lettore in modo che loro potessero avere un'ora per prepararsi per l'indomani e per occuparsi della cena.

«La casa sembra molto più silenziosa senza Nicky,» disse Clay a Evan mentre cenavano. _Entrambi tenevano sempre un occhio su Anna.

«Lo so,» replicò Evan, cupo.

«Lo sai, è normale essere triste. Sta crescendo, è il primo passo di un processo che lo porterà a lasciare casa.»

«Buon Dio, Clay, sembri sempre più un avvocato,» disse al suo compagno con un sorriso.

«Scusa, ma credo che tu abbia capito ciò che intendo. Quando Dio chiude una porta, apre una finestra. Hai portato Nicky a scuola, oggi, sta lasciando casa nostra, lo stesso giorno però è stata conclusa l'adozione di Anna.»

Evan fece silenzio, la sua mente stava rimuginando su ciò che Clay gli aveva detto e su quanto fosse vero. Il fatto che fosse vero non significava che gli piacesse, però. Evan finì di mangiare ma non si alzò dal tavolo.

«Che c'è?» domandò Clay mentre Evan lo fissava.

«Sei anche più bello di quando ti ho incontrato per la prima volta al liceo,» commentò Evan facendo scivolare le dita tra i capelli di Clay.

«Penso che la nostra piccola principessa dovrebbe fare il bagno e andare a nanna il prima possibile, così io potrò passare un po' di tempo con il suo papà,» gli disse Clay. Poi si alzò e mise i piatti nel lavandino, tornò al tavolo e si sporse da dietro la sedia di Evan, baciandolo in maniera invitante. «Ne è passato di tempo,» sussurrò Clay lasciando scivolare le mani sul petto di Evan. Evan finì per stirarsi sotto a quel tocco con il vantaggio di dare a Clay più da toccare.

«Pa, papi!» urlò Anna dall'altra stanza mentre cercava di scendere dal seggiolone. Se si scambiavano qualche gesto d'affetto e lei li vedeva, Anna diventava gelosa. Le mani di Clay scivolarono via, dopo un morso all'orecchio sentì il compagno precipitarsi nell'altra stanza, seguito da risatine e pernacchie.

«Penso che sia arrivato il momento del bagnetto, per qualcuno.» La voce allegra di Clay risuonò nella casa, seguita da passi sulle scale. Accogliere Anna alla loro famiglia era stato un po' un azzardo, nessuno dei due aveva mai avuto a che fare con bambini così piccoli. Per fortuna conoscevano un'esperta in fatto di bambini: Wendy, che ora ne aveva due. Era riuscita a insegnare loro come fare durante i primi giorni. Alzandosi dal tavolo, Evan cominciò a lavare i piatti mentre sentiva scorrere l'acqua del bagno. Una volta che il getto si fu fermato, sentì altre risate che riempivano l'aria. Una volta finito il lavaggio dei piatti, raggiunse Clay in bagno.

«Pa,» disse Anna, alzandosi felice nella vasca in modo che Evan potesse avvolgerla nell'asciugamano.

«Domani, ragazza mia, io e te ce ne andiamo a scuola. Io devo andare al lavoro, tu potrai giocare con altri bambini all'asilo,» annunciò Evan mentre l'asciugava. Clay stava pulendo il bagno, nel frattempo, ed Evan portò Anna in camera, le mise un pannolino e poi il pigiama. Quando la rimise a terra, la bambina si diresse alla libreria. «Lì.» disse, prendendone uno e portandoglielo. «Lì.»

Evan prese il libro e si accomodò sulla sedia con Anna in braccio e le diede il biberon dopo averlo aperto. «George il curioso...» Anna era quasi addormentata quando finì la storia. Dopo aver preso il biberon, la mise nella culla, sapendo bene che si sarebbe addormentata quasi subito e la coprì. Le mise accanto il suo coniglio e lasciò la stanza facendo piano.

Al piano di sotto, trovò tutto buio e vuoto. Controllò d'aver pulito tutto in cucina, poi tornò al piano di sopra e spense la luce prima di entrare in camera. Clay era disteso sul letto indossando solo un paio di boxer a coprirgli i fianchi ancora snelli. Socchiudendo la porta, Evan si tolse i vestiti prima di raggiungere il letto sistemandosi sopra le coperte. La luce si spense e la stanza piombò nell'oscurità, ma da più di dieci anni, luce o no, Evan sapeva bene cosa fare. Lo conosceva da quando era cominciata la parte migliore della sua vita, inoltre da più di dieci anni quell'uomo era il suo compagno.

Evan sentì le labbra di Clay sulle proprie, presto il bacio da dolce e delicato divenne più profondo. Evan sentì tutto scivolare via, si stava concentrando solo su Clay. Anche dopo tutto quegli anni, bastava un semplice bacio per fargli battere il cuore come la prima volta. Non parlavano, non servivano le parole. Il modo in cui Clay gli toccava la guancia era più eloquente di qualsiasi dichiarazione d'amore. Sentendo la lingua di Clay stuzzicargli il labbro, Evan dischiuse le labbra. La lingua di Clay cominciò a combattere con la sua mentre il compagno gli passava le mani tra i capelli. Evan si sentiva inebriato dal profumo di Clay.

Evan si lamentò appena, quando le labbra di Clay scivolarono via dalle sue, provò a seguirlo ma Clay era troppo veloce. Quel lamento si trasformò in un gemito mentre la lingua di Clay scivolava sulla pelle del petto di Evan. «So cosa ti piace, Ev. ti conosco più di chiunque altro al mondo,» mormorò Clay sulla sua pelle liscia, facendolo rabbrividire.

«Lo so,» convenne Evan mentre i suoi boxer si allontanavano. Scivolò sotto Clay. Lo cinse con le braccia mentre sentiva le sue dita calde strette intorno alla sua erezione, mosse leggermente i fianchi verso di lui, sentendolo.

La risata di Clay riempì la stanza, poi cominciò a tracciare una pista di baci sulla pelle di Evan. Capezzoli, stomaco, ombelico – tutto passava sotto alle sue labbra desiderose, tutto veniva stuzzicato dalla sua lingua. Evan si contorse, voleva di più. La risata si fece più profonda ed Evan pensò che fosse una di quelle volte in cui Clay si divertiva a provocarlo e a farlo impazzire. Ma poi, Clay glielo prese in bocca. Nient'altro al mondo era piacevole come la bocca capace del suo amato, oltre all'essere nel suo corpo. «Clay...» gemette Evan, cercando di trattenersi dall'urlare.

Evan cominciò a spingere leggermente, Clay assecondava ogni movimento, succhiandolo profondamente fino a quando Evan pensò che la sua testa non avrebbe mai smesso di pulsare. Un dito si unì al suo membro, stuzzicandogli la pelle prima di scivolare via. Clay premette leggermente la sua entrata e scivolò nel suo corpo, facendo scorrere il polpastrello su quel punto. Evan sobbalzò spingendolo a fondo nella bocca di Clay. «Come ho detto prima, so cosa ti piace,» ricordò Clay prima di accoglierlo di nuovo nella sua bocca e succhiarlo. Evan non sapeva da che parte voltarsi e probabilmente era proprio ciò che aveva in mente Clay.

«Non durerò ancora molto,» mormorò Evan. Sentì le labbra di Clay scivolare via.

«L'idea era quella,» replicò Clay, la sua voce risuonò nella stanza buia. Quando le labbra tornarono, Evan se ne era andato, svolazzava sulle ali di passione dategli da Clay mentre venne copiosamente nella bocca del compagno.

Evan cercò di riprendere fiato mentre il suo corpo si arrendeva, collassando sul materasso. Riusciva ancora a sentire il dito di Clay dentro al suo corpo, poi scivolò via. Accanto a lui, ormai nudo, sentì la mano di Clay sullo stomaco che lo tirava a sé. Sistemandosi sul fianco, sentì l'erezione dell'altro tra le natiche e lentamente si unirono. Non essendo più giovani come un tempo, gli servì qualche minuto per rimettersi al passo con l'eccitazione di Clay, ma le mani magiche del compagno lo resero pronto in poco tempo. Non ci volle molto prima che ai gemiti e all'ansimare di Clay si unisse anche Evan con un ritrovato vigore. «Ti amo, Clay,» gemette Evan venendo per la seconda volta, con l'altro dentro al proprio corpo.

Stanco e soddisfatto come mai prima d'ora, Evan si rannicchiò vicino al suo amante quando tornò dal bagno, stringendolo forte, perso nei suoi pensieri e nel calore di Clay. «A cosa stai pensando?» gli domandò Clay.

«A qualcosa che hai detto prima riguardo a Dio che apre una finestra.» Evan si voltò per poter avere Clay di fronte, sentì le dita accarezzargli la guancia. «Sei la mia finestra, lo sai?» Evan sentì Clay scuotere la testa. «Beh, lo sei e lo sei sempre stato. Nonostante tutte le disgrazie e le difficoltà della mia vita, sei sempre stato al mio fianco. A volte si sono chiuse delle porte, ma tu sei sempre stato la mia finestra,» sussurrò Evan, baciando Clay cercando di infondere tutto il suo amore in quel gesto.

ANDREW GREY è cresciuto nel Michigan con un padre che amava raccontare storie e una madre che adorava leggerle. Da allora ha vissuto in giro per il paese e viaggiato all'estero. Ha una laurea presa all'Università di Milwakee-Winsconsin e lavora nel reparto IT di una grossa azienda. Gli hobby di Andrew includono collezionismo di antiquariato, giardinaggio, e lasciare piatti sporchi ovunque tranne che nel lavandino (in particolar modo quando scrive). Si considera fortunato ad avere una famiglia comprensiva, amici fantastici, e il partner più amorevole e di sostegno che si possa incontrare. Andrew attualmente vive nella bellissima città storica di Carlisle in Pennsylvania.

Visitate il sito di Andrew http://www.andrewgreybooks.com e il suo blog http://andrewgreybooks.livejournal.com.

Altri romanzi di ANDREW GREY

http://www.dreamspinnerpress.com

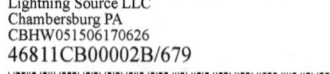